DANY LAFERRIÈR

L'énigme du retou

ダニー・ラフェリエール

帰還の謎

小倉和子訳

藤原書店

Dany LAFERRIERE

L'ENIGME DU RETOUR

日本の味わい

日本の読者へ

私の作品が日本語に翻訳され、日本人に、それもまさに日本において読まれるというのは、にわかには信じがたいことである。日本は私の夢の中にあまりに長いあいだ存在しつづけたために、いっときなど、それは自分が勝手に捏造したものだと思っていたほどなのだから。まだ実感が湧かない。日本は私の内部にあまりに強烈に棲みついているので、今度は自分がそこに住むことになるのに感動している。今この瞬間、私はひとりの日本人読者の手の中にいる。けれどもその読者は、私がその人のところに到着するために辿らなければならなかった道程については知らない。それはまさに、書くことと読むことという、ふたつの相互補完的な活動を賛美することでもある。

モントリオールの、疲れを知らぬランプの下で、ひとりの男が物語を書き上げるのに熱中している。その物語はじつは、亡命という迷路から彼を抜け出させてくれる赤い糸なのだ。そして世界の反対側では、東京で、京都で、あるいは別の場所で、もうひとりの人がその年代記を読み解こうとしているのだが、その年代記は内面的すぎて謎めいてしまう。ではその道程とはどんなものだったのか？　それは私の記憶のはるか彼方にまで遡るため、最初に「日本(ジャポン)」という言葉と出会ったのがいつだったのか、思い出すこともできない。私が知っているのは、この言葉が私の好奇心をそそったということだ。

果実の名前だと思ったのである。それは私が祖母と一緒に幼年期を過ごしたプチ＝ゴアーヴの村でのことだった。当時の私はとても内気で、辞書にさえ説明を求めることができなかった。そのため、自分の口の中にひそかに日本をしまっておくことになったのである。

それと再会したのは十四歳ごろ、ひとりのおばが三島の小説を家に持ち帰ったときだった。自分の世界とはまったく異なるその世界に私の心はすっかり占領され、中毒を起こすほどだった。その後ポルトープランスで、ほかの作家たち、とりわけ谷崎を発見した。と同時に北斎の何枚かの版画も。魅惑はモントリオールでさらに増大した。そこでは、一九九〇年代末ごろ、日本料理店が急速に増えていたのである。それよりだいぶ前に、ある女友達の家で偶然芭蕉の俳句に出会っていて、彼はボルヘス〔一八九九―一九八六、アルゼンチンの作家〕とともに、私にとって、ふたつのもっとも決定的な文学的影響力となった。私は芭蕉の簡素な文体にいたく感動し、日本人になりたくなって、その経緯を簡潔にあらわした題名のついた本『吾輩は日本作家である』を書いた。それも、日本を知らずに、である。私が日本を知ったのはその詩人たち（一茶、芭蕉、蕪村、子規）の言葉を通してであり、だからこそ、私の本が自分に先んじて日本に登場することに喜びを禁じえないのだろう。さあ、私は書く。そしてあなたが私の本を気に入ってくれれば、そのとき私は現れる。

ダニー・ラフェリエール

帰還の謎／目次

I　ゆっくりとした出発の準備　15

Ⅱ　帰還

モントリオール（カナダ・ケベック州）市街

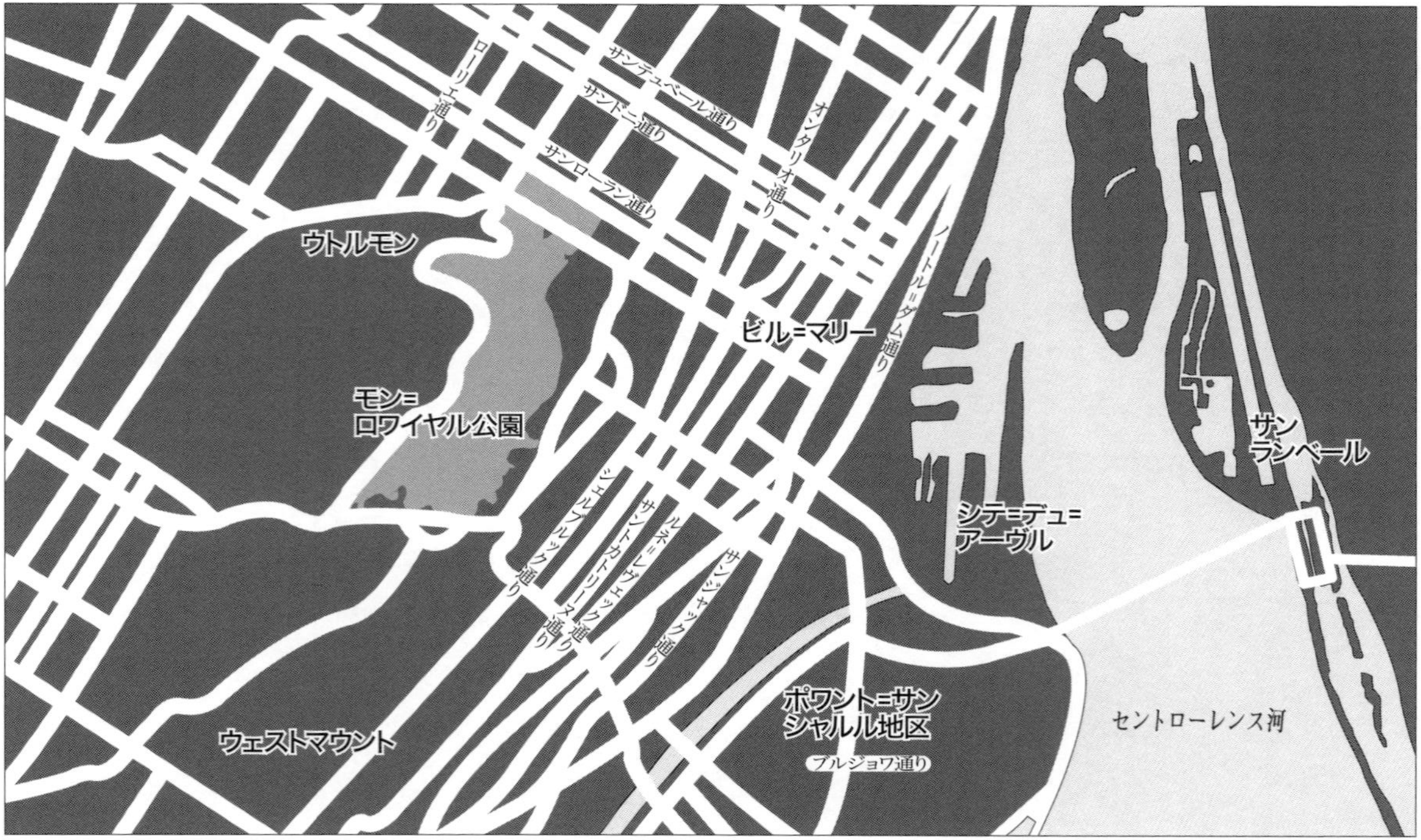

カナダ・ケベック州

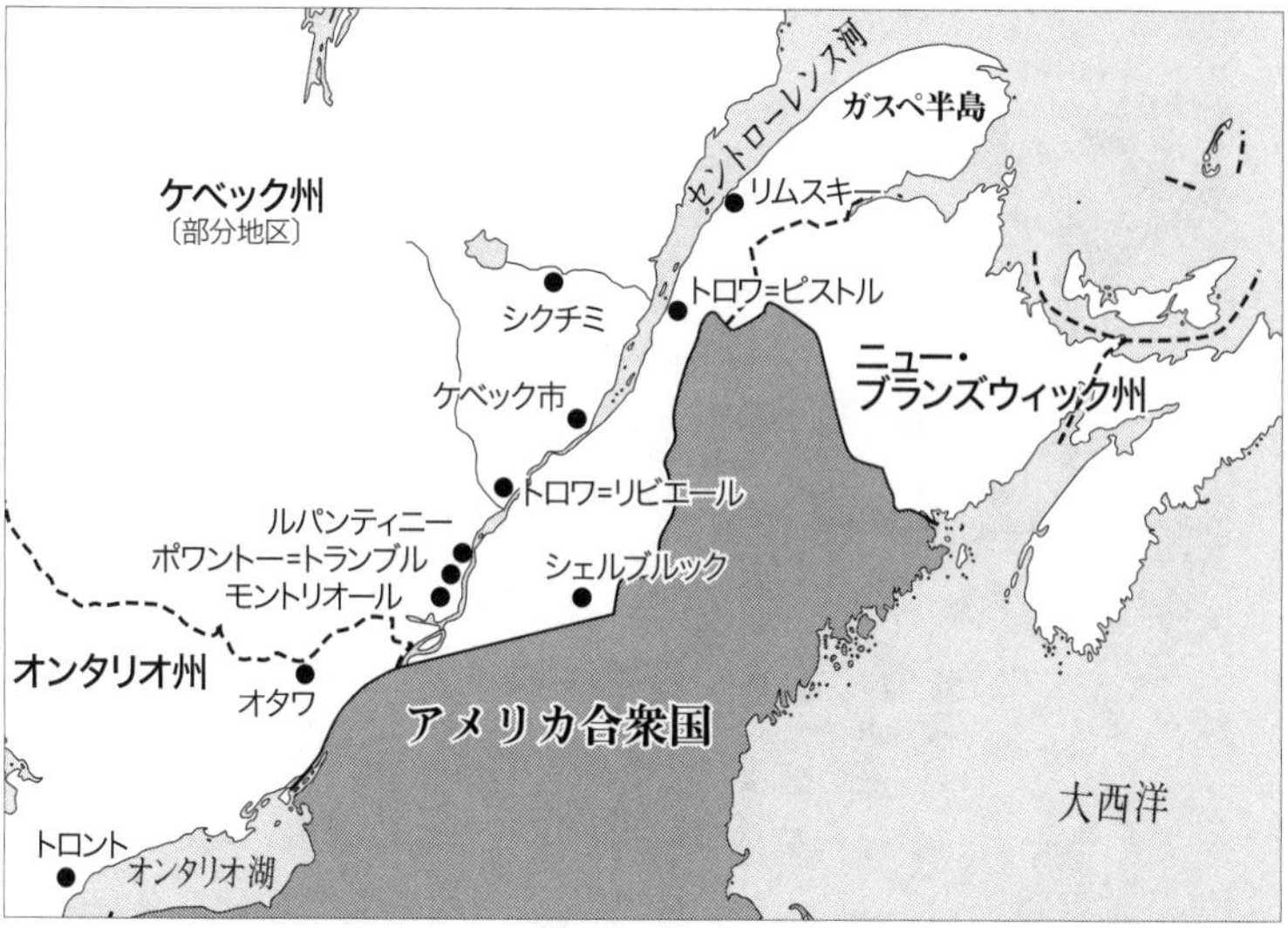

ハイチ共和国

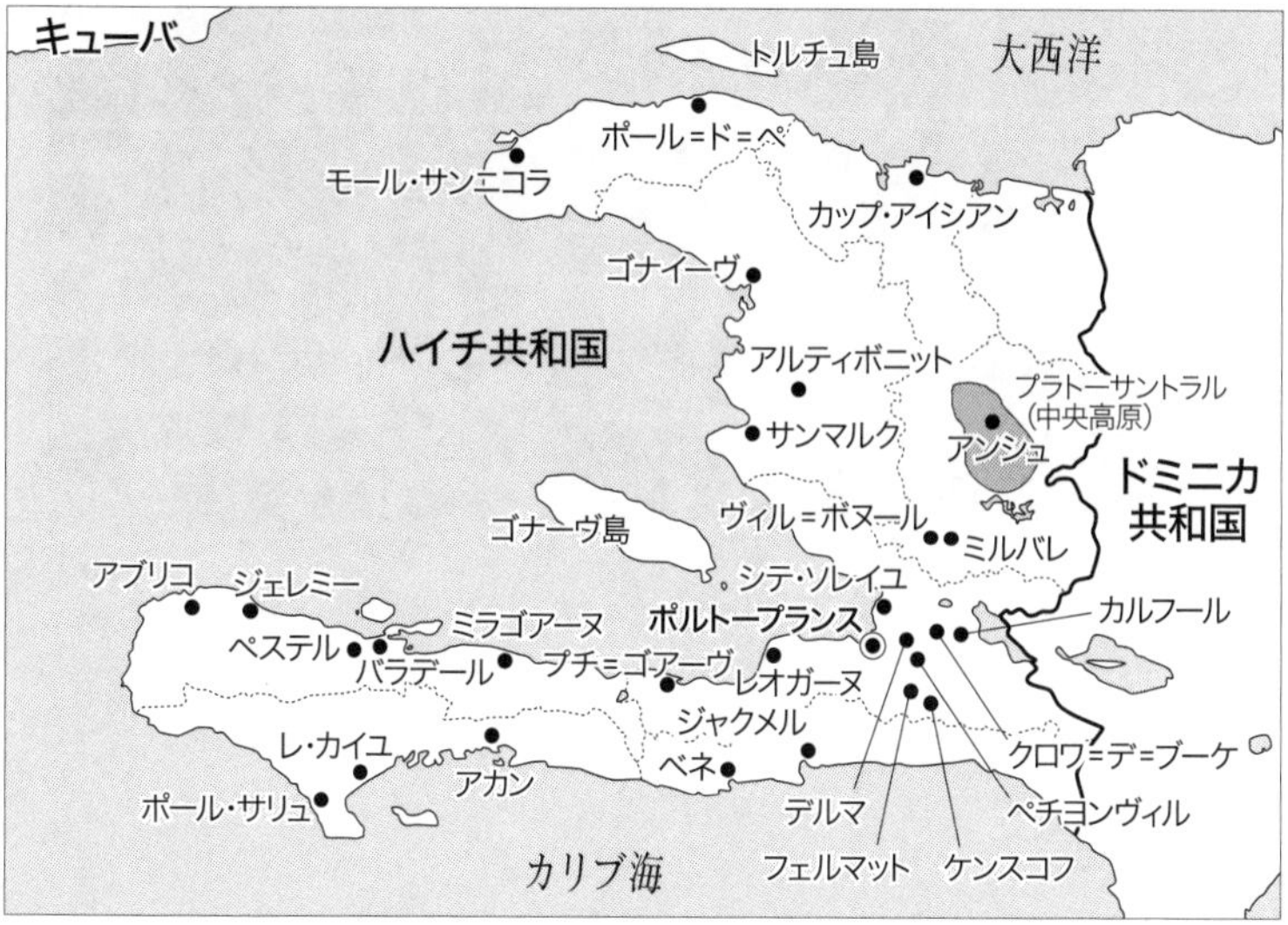

ポルトープランス（ハイチ首都）市街

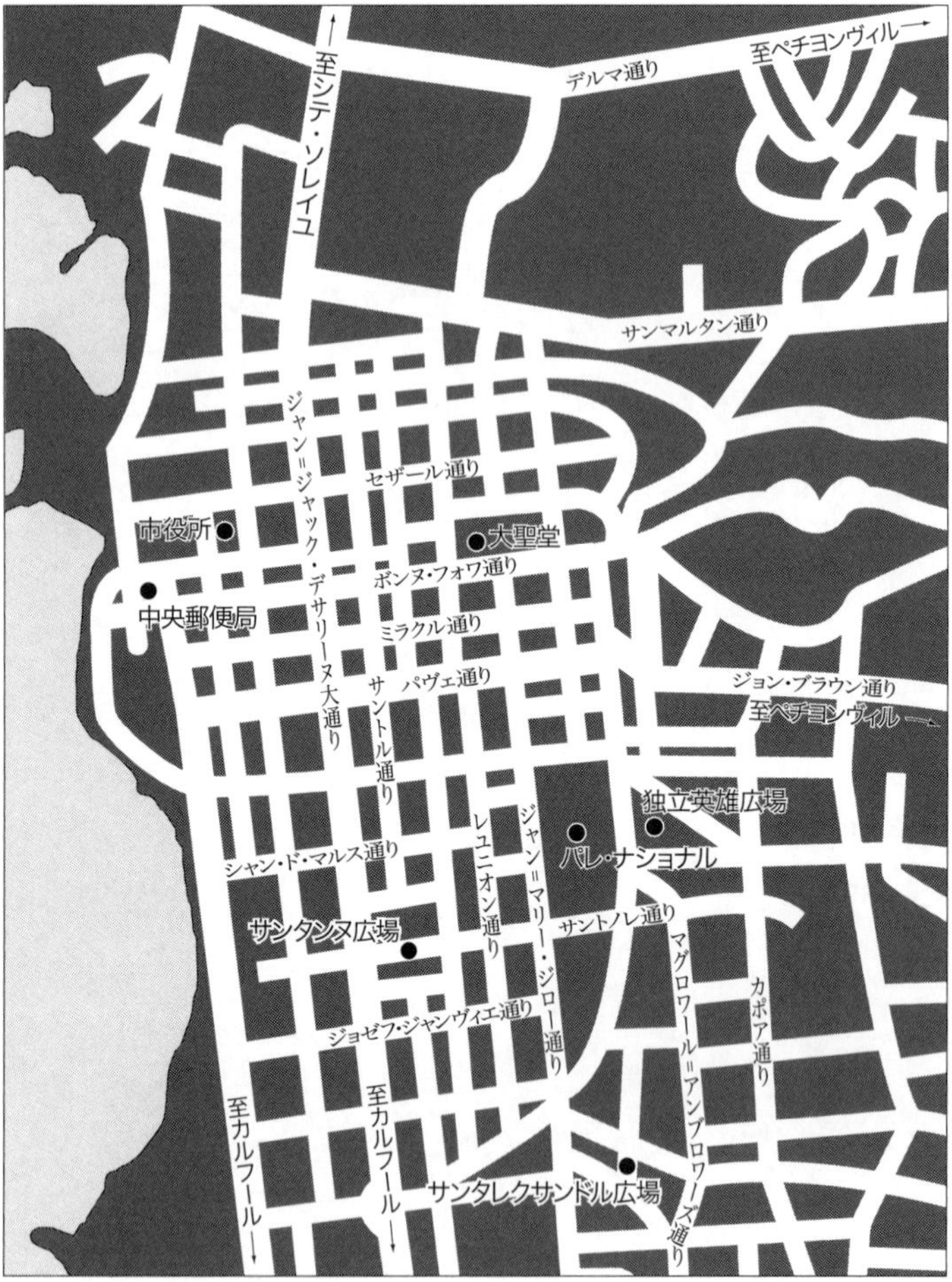

帰還の謎

暁の果てに……

エメ・セゼール
『帰郷ノート』一九三九年

ポルトープランスで生活する
甥のダニー・シャルルへ

I　ゆっくりとした出発の準備

電話

その知らせが夜をふたつに分かつ。
熟年になれば誰しも
いつかは受け取る
避けがたい電話。
父が亡くなった。

今朝早く、ぼくは出発した。
これから先の自分の人生のように、
あてどなく。

朝食をとるために途中で止まる。
ベーコンエッグとトースト、それにやけどするほど熱いコーヒー。
窓辺にすわる。

右の頬を温める、刺すような日射し。
新聞をぼんやりと眺める。
交通事故で血まみれの写真。
アメリカでは無名の死までも売り物だ。

ウェイトレスが行き来するのが見える。
テーブルのあいだを。
忙しそうに。
うなじは汗びっしょりだ。

ラジオからは西部劇の歌が流れている。
それは片想いのあわれな
カウボーイの話。
ウェイトレスは
右肩に一輪の赤い花の刺青（タトゥー）をしている。
彼女は振り返ってこちらに悲しげな笑みを送る。

ぼくは冷えたコーヒー茶碗の横の

新聞の上にチップを残す。
車のほうに向かいながら想像してみる。
外国の病院のベッドで
死と向かい合う者の孤独を。

「死は静寂の白い沼の中で息絶える」と
一九三八年、
マルティニック〔カリブ海に浮かぶフランスの海外県〕の若き詩人、エメ・セゼール〔一九一三―二〇〇八、劇作家、政治家でもある〕が書いた。
二十五歳になったばかりで
亡命や死について何を知ることができるだろう。

ふたたび高速四十号線に乗る。
凍てつく河に沿って
かじかんだ小さな村々。
どこに引きこもっているのだろう、
姿の見えない人びとは。

手つかずの領土を

発見したような印象。
ぼくは理由（わけ）もなく
この田舎の道を走る。
一時間遅れてしまうだろうけれど。

広大な氷の国。
こんなに長く住んでいてもまだ、
来年の夏の
景色を想像するのは
むずかしい。

氷は
火よりも
深く燃えるが
草は
太陽の愛撫を覚えている。

この氷の下には、

ほかのどんな季節よりも
熱烈な願望と
つよい躍動が秘められている。
ここの女たちはそれを知っている。

男たちは汗水たらして働き、
最初に口を開いた者は臆病者だ。
クマに出くわしたくなければ
森では沈黙していなければならない。

沈黙をはぐくみすぎて
空隙が男に取り憑き、
彼はもはや雪の中できしむ
一本の乾いた木にすぎなくなる。

腹を空かせたオオカミが林から出てくるころ
木樵（きこり）は家に戻る。
彼は今、質素な食事を終えて

暖炉のそばでまどろんでいる。
女はラジオで聞いたことを話す。
それはいつも戦争か失業についてだ。
北国の村々ではこうして何百年も過ぎていく。

温かいところで、人びとは古傷に包帯を巻きながら
くつろいでおしゃべりする。
恥ずかしがっていると傷は
癒えない。

人がたてる物音が聞こえないと
ぼくはいつもパニックに陥る。
後ろから来る女の
ヒールの音に取り憑かれた
都会に住む生き物だ。

すべての指標を失ってしまった。
雪がすべてを覆ってしまった。

そして氷がにおいを焼き尽くしてしまった。
冬の君臨だ。
ここで道が分かるのは住人だけだろう。

鮮やかな黄色の大型トラックがぼくの脇をかすめていく。
運転手は、道でようやく誰かと
すれ違ったのがうれしくて
大音響でクラクションを鳴らす。
彼は南のほうに立ち去る。
ぼくは北のほうに走りつづける。
自分の目をくらませ、高揚もさせる、まぶしい北のほうに。

ぼくは知っている。この道の果てには、
激情と優しさに満ちたひげ面の男が
犬の群れの真ん中で
大いなるアメリカの小説を書こうとしていることを。

凍てつく河のほとり、

トロワ＝ピストル〔セントローレンス河口近く〕のまどろんだ村に引っ込んだ彼は
今では、亡霊や狂人や死者たちと踊ることのできる
ただひとりの人間だ。

河をかすめる
うっすらと青い光が
一息でぼくを吸い込む。
車が急に横にそれる。
すんでのところでぼくはハンドルを切り直す。
美しいものたちの中で死ぬことは
ぼくのような
小市民（プチブル）には許されない。

ぼくは自分自身の世界とは反対の
世界にいると意識している。
北国の氷と交わる
南国の火は
涙でできた温帯の海をつくる。

道路がこんなに真っ直ぐで
両側は氷、
これほど真っ青な
真昼の空の中で
目印になる雲ひとつないとき
ぼくは無限に触れる。

スカンジナヴィア人たちの家は居心地がいい。
彼らは浮かれて激しいダンスを踊りながら
気が狂うまで酒を飲む。
これほど広い氷の上に
自分たちしかいないのに驚いて
空に向かって猥褻な言動を放つ。

暖炉の上に
掛けられた
安手の絵画の中を

走っているような印象。
風景の中の風景。

舗装されていない道の果てに
黒髪の少女が漂っている。
地に足をつけずに、
派手な黄色のワンピースを着て。
それは十歳の夏から
ぼくの夢想を占領している子と同じだ。

ガソリンがどのくらい残っているか確かめるために
計器盤を一瞥する。
この道路で少しでも燃料切れを起こしたら
確実に死を意味する。
寒さは、寛大にも、殺す前に感覚を麻痺させてくれる。
テーブルの下で喧嘩している犬たち。
自分の影とじゃれている猫たち。

絨毯を食んでいる子ヤギたち。
ご主人様は昼間の仕事で
林に出かけました、と高齢の料理女がぼくに言う。

扉を出るときぼくは振り返る。
棚から落ちた分厚い原稿を
猫たちが始末するのを見るために。
料理女の寛容な笑みはこう言っているようだ。
ここでは文学より動物たちのほうが偉いのですよ、と。

モントリオールの方へ戻る。
疲れた。
道端で止まる。
車の中で短い昼寝。

閉じたまぶたの奥にはすでに幼年期が訪れている。
ぼくは熱帯の太陽の下をぶらつく。
しかしその太陽は死のように冷たい。

小便がしたくなって目が覚める。
不規則な噴射の前に焼けるような痛みがある。

遠くから町が見えるたびに
同じ感慨を味わう。
ぼくは河の下のトンネルを通過する。
モントリオールが島だということをいつもみんなは忘れている。

ポワントー＝トランブル〔モントリオール島の端にある町〕の工場の
煙突すれすれに見える光。
車のもの悲しいヘッドライト。
白馬（シュヴァル＝ブラン）〔オンタリオ通りにあるブラッスリー〕まで道を進む。

夕方の客たちは帰ってしまった。
夜の客たちはまだ到着していない。
人のまばらな
この短い時間帯が好きだ。

隣の人がカウンターに倒れ込んだ。
口を開けて、目は半ば閉じて。
いつものラム酒のグラスが運ばれてくる。
ぼくは顔の細かい輪郭を思い出せない
死者のことを思う。

睡眠の有効な使用法

夜遅く帰宅した。
風呂を入れる。
ぼくは水の中ではいつもくつろげる。
水生動物だ——分かっている。
床には表紙が反り返ったセゼールの詩集。
開く前に手を拭う。

ピンクのバスタブの中で眠ってしまう。
長年の疲れが
ぼくを未知の世界に
連れ去った。
ぼくはその疲れの原因を知らないふりはしているけれど。

こうして長いこと眠った。
それが重大な知らせをもって
こっそり帰郷するための
唯一の方法だったから。
ときおり真昼にぼくが乗ることがある
夜の馬は荒涼としたサヴァンナを横切る道を
よく知っている。

陰鬱な時の平原を駆け巡ったあと
了解する。
この人生には
北も南もないし、
父も息子もなく
どこに行くのか分かっている人など
誰もいないのだということを。

山の中腹に
小さな家を建てることができる。

窓を懐かしい青色に塗ることも。
そして、周りに夾竹桃（キョウチクトウ）を植えることも。
それから夕暮れ時に腰を下ろして
湾にゆっくりと太陽が沈んでいくのを見ることも。
ぼくらのそれぞれの夢の中ではたしかにこんなことができる、
しかし雨が降るのを眺めながら過ごした
子どものころの午後の味わいを
ふたたび見出すことはけっしてあるまい。

ぼくは覚えている。
はらわたをえぐるような飢えをやわらげようとして
ベッドに身を投げ出したことを。
今ではむしろ
自分の身体から離れるため、
そして懐かしい人びとの顔への渇きをなだめるために眠る。

小型飛行機が平然と通過する。
記憶の帯を消す

丈の高い灯台草の下を。
ぼくは新しい人生を前にしている。
生き返ることは誰にでもできるわけではない。

モントリオールの街角を曲がると
いきなり
ポルトープランス〔ハイチの首都〕に降り立つ。
まるで思春期の少年が夢の中で、
自分が抱いている娘とは別の娘に
接吻するみたいに。

ある朝、振り返ることなく
後にした国に戻るために眠る。
支離滅裂な映像から成る長い夢。
そのあいだにバスタブの湯は冷めて、
自分に鰓(えら)までできてしまったことを知る。

このような麻痺状態は

一年のうちで、冬がたしかに居すわり、
春はまだずっと先という
時期にいつもぼくを襲う。
一月末の氷のただ中では
もう進む力はなく、
かといって引き返すこともできない。

ぼくはまた書き始める
他の人たちがまた煙草を吸い始めるように。
そのことをあえて誰にも告げずに。
自分の健康にとってはよくなくても、
これ以上長く抵抗は
できない何かを
しているような印象とともに。

ぼくが口を開けるやいなや、母音や子音が大混乱しながら我勝ちに出てこようとする。ぼくはもうそれを制御しようとはしない。書くことに専念しているときはまだ自制がきくが、十数行も書くと疲労困憊する。ぼくはあまり身体的な努力を必要としない書き方を探す。

四半世紀前に古いタイプライターを買ったとき、それは新しいスタイルを採用するためだった。以前より耳障りで、ぎっしり詰まったスタイル。手書きはあまりにも文学的に思えたのだ。ぼくはロックの作家になりたかった。機械の時代の作家だ。言葉よりもキーボードの音のほうに興味があった。あり余るほどエネルギーがあった。サンドニ通りの狭い部屋の薄暗がりの中で、猛スピードでタイプを打って時間を過ごしたものだ。働いた。窓を閉めきって、夏のうだるような暑さの中で上半身裸になって。テーブルの脚元には安ワインの瓶を置いて。

ぼくは昔ながらの手書きに戻る。
手はめったに故障しない。
より自然だと
思えるものに戻るのは
いつだって、極度に興奮した周期の終わりごろのことだ。

これだけ長いあいだ習慣にしたがっていると、
自分にはもう自発的なものなどほとんど残っていない。
けれども電話で知らせを受けると
心臓が止まって

小さな乾いた音を立てるのが聞こえた。

ひとりの男性が道ばたでぼくに近づいてくる。
あなたは今も書いていますか？　ときには。
もう書かないだろうとおっしゃいましたよね。たしかに。
では、なぜ今書くのですか？
分かりません。
彼は、侮辱された様子で、立ち去った。

読者たちの多くは
自分を小説の登場人物だと思いこむ。
彼らは自分たちの人生を
騒音と熱狂に満ちた物語だと見なす。
作家はその目立たない代書人
でしかありえない。

ある人に近づくのは
その人から遠のくことと同じくらい神秘的だ。

このふたつの瞬間のあいだには、
重苦しい日常生活と
細々とした秘密が付随している。

今日、ぼくはどちらの端をつかまえるのだろう？
日の出、それとも日没？
最近ぼくは
太陽が沈むときようやく起きる。

ぼくにはすぐにラム酒が一杯必要だ。
ときおり生きるエネルギーと
混同するマラリアの
熱を冷ますためには。
そして木の床の上に瓶が横たわらないうちは
眠らない。

ぼくがこうして薄暗がりの中で微笑むとき、
それは自分がもうだめだと感じるからだ。

そんなとき、誰もぼくを
ピンクのバスタブから
引き離すことはできない。
ぼくは羊水で満たされた丸いお腹の中にいるみたいに
そこにちぢこまる。

亡命

今朝ぼくは最初の黒い手帳を取り出した
そこにはモントリオールに到着したときのことが書かれている。
一九七六年夏のことだった。
ぼくは二十三歳で、
故郷を後にしたばかりだった。
母の目の届かないところで生活するようになって
今日で三十三年になる。

旅と帰還のあいだには
人を狂気に駆り立てるかもしれない
あの腐敗した時間が
固定されている。

誰にも見られずに生活しすぎたあまり
鏡を見ても
自分の顔の見分けがつかない瞬間が
いつだって訪れる。

旅の前の青年の写真と
比べてみる。
ぼくが小さな緑色の柵を
越えようとしていたとき
母がポケットにすべり込ませてくれた写真だ。
これほどの感傷癖は
当時ぼくを笑わせたのを覚えている。
今ではこの古い写真は
過ぎ去った時間を計るためのぼくの唯一の像だ。

それはポルトープランスの日曜日の午後だ。
植物まで退屈している様子なので
分かる。

母とぼくは
ヴェランダにすわって、ものも言わずに待っている。
夾竹桃の上に夕べの帳が降りるのを。

今では黄ばんでしまった写真の中で
ぼくはページをめくっている
(間違いなく湿った手で、かたずを飲んで)
ビキニを着た娘たちが載った
女性雑誌の夏の号を。
母は、横で、まどろんだ振りをしている。

その頃はまだ
自分がまもなく出発して
戻って来なくなるとは知らなかったけれど、
その日、
とても心配そうだった母は、
身体の
もっとも密かな奥底で

そのことを感じていたにちがいない。

こうしてまた不愉快な小説（できごと）にとらわれることになる。
そこには熱帯の独裁者が君臨し、
国民の首をはねよという
命令を止めることがない。
行間から
カリブ海を縁取る余白のほうに
逃れる時間がかろうじて残されている。

何年も経ってから
雪の積もった町の中を
ぼくは何も考えずに歩いている。
凍るように冷たい空気の動きと
ぼくの前を歩くか弱いうなじに
導かれるがままになって。

というよりむしろ、激しくて冷たい風に立ち向かっていく

颯爽たる歩き方の
この若い娘の力に興味をそそられている。
ぼくの目に涙を
こみ上げさせ、
ときどきぼくをイスラム修道僧（デルヴィッシュ）のように回転させるこの風に。

階段の真ん中にすわっている子どもは
競技場に連れていってくれるはずのお父さんを待っている。
悲しげな目をしているところを見ると、
もうホッケーの試合は始まってしまったようだ。
ぼくならどんなことでもしただろう。
父と行くはずの試合を逃して
父が街角の喫茶店で新聞を読んでいるのを
眺めて午後を過ごすためだとしても。

ぼくは窓辺に猫がいるこの家を知っている。
入るためには
奥まで鍵を差し込まなければならない。

それから鍵穴の中で
そっと回しながら引き抜く。
階段は八つ目の段から
きしみ始める。

大きな木造の家。
クロスがかかっていない長いテーブル。
その端には果物かご。
壁には白黒写真が
何枚も貼られている。
それは愛の輝きの中にいる
男女の物語を
語っている。

一匹の小さなリスが、まるで、おれについて来い、と言わんばかりに
ぼくのほうに振り向きながら
全速力で木をのぼっていく。
午前三時の青白い光

三十歳になる前に
腰を痛めてしまうようなハイヒールを履いて
あどけない娘たちが客引きをしている。

緑色のミニスカートをはき、唇がひび割れたこの娘は、夜が明けて警官が通りかかる直前にソーダで割ったコカインで代金を払わせる。ガラス窓から子どもたちを見はっている薄紫色のカールクリップをつけたブルジョワ女性たちの厳しい眼差しに立ち向かうために、彼女はそれをその場で飲む。

ぼくがリスより急いでいることはめったにない。でも今日はそうだ。リスは通りすがりの人間がエサをくれたりちょっかいを出したりしようとしないのでびっくりしている。彼は自分が街角のちっぽけな公園の一匹の哀れなリスにすぎないことを誰からも教わっていない。動物の世界にはおそらく階級は存在しないだろう。しかし、自我は存在する。

ぼくは喫茶店が開くのを待つ。
ウェイトレスが寒いのに
自転車で到着する。
彼女は若い配達夫がさっき
ドアの前に置いていった

ふたつの新聞の山をかき集める。
ぼくは彼女がガラス戸の奥で忙しく動き回っているのを見る。
彼女の動作は正確で型にはまっている。
ようやくドアを開けに来る。

ぼくは中に入り、最初のコーヒーを飲んで
朝の社説を読む。
社説はいつもぼくを激怒させる。
彼女は大急ぎでヘヴィメタルをかけるが、
最初の客が現れたら
ジョーン・バエズ〔一九四一—、アメリカ合衆国のフォーク歌手〕に変えるだろう。

ぼくはいつも隣りの本屋に急いで立ち寄る。カウンターの向こうにはおかみさん。やつれた表情。顔色がとても青白い。冬は彼女には向いていない。何年も前からキー・ウェスト〔米、フロリダ半島南端の島、ヘミングウェイの家がある〕に住んでいる作家の友人に会いに行くため出発の準備をしている。組織的犯罪と同様、文学にも人脈というものがある。

奥のほうに立っている読者のうなじ。

彼の左側の横顔。
引き締まった顎。
とても集中している。
彼は別の世紀の棚に行こうとしている。
そこ、ぼくの目の前で。
音も立てずに。

ぼくはいつも思っていた。
ぼくらのところまで来るために
世紀を飛び越えるのは本のほうだと。
でも、この男を見ていて
移動するのは読者のほうであることを
理解した。

ぼくらが手にしている
記号でおおわれたこの物体を信用しすぎないようにしよう。
それは旅がたしかに行われたことを
証言するためにそこにあるだけだ。

ぼくは隣りのビストロにもう一度立ち寄る。すぐにウェイトレスが、さっきから誰かがぼくのことを待っていると告げる。ジョーン・バエズの次はアメリカ先住民の女性歌手バフィー・セント＝マリーの番だ。約束をすっかり忘れていた。やたらに詫びる。若い女性ジャーナリストは会話を録音してもよいかと冷ややかにたずねる。会話というものは原則として何も残さないものだということは承知のうえで、ぼくは、いいですよと答える。彼女は街角の喫茶店のカウンターに散らかっている無料の週刊誌の一冊のために働いているのだ。Tシャツ、ジーンズ、刺青、ピンク色のまぶた、きらきらした目。ぼくはトマトサラダを注文する。彼女はグリーンサラダだ。八〇年代にぼくらはステーキ文化からサラダ文化に移行した。そのほうがより温厚になれると期待して。

機械が録音する。結局のところ、あなたはアイデンティティについてしか書いていないのですか？ぼくは自分のことしか書いていません。ああ、そのことは前にもおっしゃっていましたね。聞いてもらえたようには思えませんが。ご自分の話が聞いてもらえてないという印象をお持ちですか？　人びとは自分探しのために読むのであって、他人を発見するために読むわけではありませんから。偏執狂ですか？　さほどでもありません。いつかあなた自身のために読んでもらえるとお考えですか？　あなたにお会いして、その最後の幻想も崩れました。実際にお会いするとあなたはちがう感じに見えますね。本の中でお会いしたことがあるかどうか覚えていませんが。彼女は晴天の一日を台無しにできるほどうんざりした様子で、道具を片付ける。

ぼくが完全にくつろげる場所はこの熱湯の中だけで、しまいにはぼくの骨まで柔らかくなってしまう。手の届くところにラム酒の瓶、セゼールの詩集からけっして遠すぎないところ。ラム酒を一口飲んでは『帰郷ノート』のページを繰っているうちに本が床に滑り落ちる。すべてがスローモーションだ。夢の中で、セゼールはぼくの父と重なり合う。同じような色あせた笑み、そして戦後のダンディーな男たちを思い出させる脚の組み方。

ぼくはあまりに長いあいだ父のこの写真を吟味した。
よく糊づけされたワイシャツの襟。
真珠のカフスボタン。
絹の靴下によく磨かれた靴。
ゆったりと締められたネクタイ。
革命家はまず何よりも誘惑者だ。

今朝、天気予報はマイナス二十八度を予告している。
熱い紅茶。
ぼくは霜のおりた窓のそばで本を読む。
頭がぼうっとしてくる。

腹の上に本を置く。
両手を組んで、頭をのけぞらせて。
今日はほかに何も起こらないだろう。

ぼくの左の頬を温める
光線。
母親から遠くないところにいる
子どもが
夾竹桃のかげで午睡をしている。
まるで太陽から身を隠す
年老いたトカゲのように。

突然本が地べたに落ちる
鈍い音が聞こえる。
子どものころ、貯水槽のそばに
重くて果汁たっぷりのマンゴーが落ちるときも
同じ音がしていた。
あらゆるものがぼくを幼年期に連れ戻す。

父のいないこの国。

たしかなことは、
向こうに留まっていたら、自分はこんなふうには物を書かなかっただろうということだ。

たぶんまったく書かなかっただろう。

人は自分の国の外で、自分をなぐさめるために書くものなのだろうか。

ぼくは亡命作家の使命なんてものは完全に疑っている。

写真

頭に農夫の帽子をかぶって
ひとりの男がわらぶきの家の前に座っている。
彼の後ろから小さな煙が立ちのぼっている。
「これがレジスタンス運動で身を潜めているおまえの父さんだよ」
と母がぼくに言ったものだ。
将軍（ジェネラル）＝大統領（プレジデント）の手下が父を探していた。
しかしぼくの幼年期のはるか彼方にある
この写真は今もなおぼくをなだめてくれる。

この「悲しき熱帯」〔文化人類学者レヴィ＝ストロースの著作のタイトル〕で
ある日の正午、あまりに暑かったなら
ぼくは思い出すだろう。
女友達のルイーズ・ヴァランが

書き物をするために逃げこんでいた
木造の家のそばの凍った湖の上を散歩したのを。

猫たちがヴェランダで戯れている。
過ぎゆく時を気遣うこともなく。
彼らの時間はぼくらの時間とはちがう。
この子猫が
ぼくの記憶の薄暗がりに滑り込む。
ワックスをかけた木の床の上の
白い半ソックス。

もうどこまで来たのかわからない。
思い出が頭の中で入り交じる。
ぼくの人生はすでに褪せた色と昔の匂いが詰まった
湿り気を帯びた小さな包みにすぎない。

あの電話以来
とてつもない時間が経ってしまったみたいだ。

時間はもう
日々の薄片には切れない。
土よりも密度の高い
小さな塊だ。

すぐにでも眠る必要があるが、それを除けば、何もない。睡眠は今でも、その日やるべきことを巧みにかわすぼくの唯一の方法だ。たしかに、このあいだから状況ががたがたに崩れてしまった。父の死がひとつのサイクルを終わらせてしまった。すべてはぼくの気づかぬうちに起こった。この旋風の前兆をとらえるや、ぼくはその旋風に連れ去られてしまったのだ。

幼年期の奥底の映像が
ぼくの上に波となって砕け散る。
それはとても新鮮なので、
まるで、目の前で繰り広げられる情景を
まざまざと見ているように感じられる。

ぼくは父の写真について
もうひとつ覚えていることがある。

けれどもそれはあまりに些細なことなので
ぼくの記憶はうまくとらえることができない。
ぼくに残っているのは、
楽しかった暫しの時間の思い出だけだ。

麦わら帽子をかぶったレジスタンス運動家の写真を母が見せてくれたときぼくをあれほど笑わせたものを、たった今思い出した。ぼくは六歳だった。左の端に餌をついばんでいる雌鶏がいる。母は雌鶏の何をぼくがそんなにおかしがっているのか、長いこと考えていた。ぼくはそのときは自分が感じていることを説明できなかったが、今ではそれが何だったのか分かる。雌鶏がとても生き生きしていて、写真の中でも動いているのに、その横では、すべてが死んだようなのだ。ぼくにとって、父の顔は母の声がなければ生気を帯びることはない。

潮時

いつだってこんな時がやってくる。
出発の時だ。
まだ少しぐずぐずしていてもいい。
無意味な別れの挨拶をしたり
途中で捨てることになるものをかき集めたりして。
時がぼくらを見はっていて
もう後戻りしてくれないことは分かっている。

出発の瞬間が戸口でぼくらを待ちかまえている。
そこにいることはわかっていても
触れることのできない何者かのように。
現実にはそれは旅行かばんの形になる。

生まれ故郷の村以外で
過ごした時間は
計ることのできない時間だ。
ぼくらの遺伝子の中に
刻み込まれた時間の外にある時間。

それを数えられるのは母親だけだ。
ぼくの母は三十三年間
ガソリンスタンドからもらった暦に
×印をつけつづけてきた。
ぼくに会わずに過ごした一日一日の上に。

歩道で隣人に会えば、
自家製のとるにたらない酒を味見しないかと
ぼくを誘う機会を逃したりはしない。
ユヴェントス〔イタリア・トリノを本拠地とするサッカークラブチーム〕のことを話しながら午後を過ごす。
ユヴェントスがユヴェントスだった頃のことを話しながら。
彼は選手全員と知り合いだが

そのほとんどがもうだいぶ前に死んでしまっている。

ぼくはガリバルディ（彼はガリバルディ〔一八〇七―一八八二、イタリア王国統一に貢献した軍事家〕を信奉しているのでぼくは彼のことをそう呼んでいる）に、なぜ国に帰らないのかと尋ねる。ぼくの国はあまりに荒廃していて、見るに忍びないんだ、とぼくは言う。でも、あんたは、ユヴェントスを見に競技場に戻るためだけだっていいじゃないか。彼はゆっくりとテレビを消しにいき、戻ってきてぼくのそばに座る。それからぼくの目をじっと見つめて、毎晩イタリアに戻っているよ、と打ち明ける。

ある晩、ガリバルディがぼくを自分の家に招ぶ。ぼくらは地下倉に降りていく。いつもの儀式だ。ぼくはこの自家製の酒を飲まなければならない。彼がなにか重大なことを言いたそうにしているのを感じる。ぼくは待つ。彼は立ち上がって、唇を拭いにいき、ついでにダヌンツィオ〔一八六三―一九三八、イタリアの作家〕の肖像画を見せてくれる。お父さんのために作家みずからサインしてくれたものだ。彼がとんでもない告白をするのではないかと、ぼくは恐ろしかった。彼は、いつだってユヴェントスなんて大嫌いだった、自分が好きなのはトリノＦＣ〔イタリア・トリノを本拠地とするサッカークラブチーム〕だ、と言いたげだった。ここではこのチームのことを知っている人は誰もいないけれど、ユヴェントスならみんな知っているから、トリノのことを思ってユヴェントスと言ったのだ。これが彼の人生の悲劇だ。この裏切りのことを思わない日はない。彼がいつかイタリアに帰ったとしても、旧友と視線を合わす勇気があるかどうか、彼には確信がない。

ぼくは別れの儀式をせずに
国に連れ帰る。
この長旅のあいだ
ぼくに付き添ってくれて
理性を失わずにすませてくれた神々を。
おまえがヴォドゥ〔カトリック儀礼と呪術的要素が一体となったハイチの多神教。ヴードゥーとも。ここでは原語の発音により近いヴォドゥを使う〕を知らなくても、
ヴォドゥのほうはおまえを知っている。

かつては生き生きとしていた人びとの顔が
焼き尽くされた記憶の日々とともに消えていく。
ごく近しかった人たちの顔さえ
もう分からなくなるという悲劇。
災害のあらゆる痕跡を隠すために、
火事のあと、草がまた生える。

じっさい、真の対立は、
どんなに互いにちがっていても、国どうしにあるのではなく、

（たとえ不利な条件のもとであっても）
他の風土のもとに生きる
習慣のある人たちと、
自分たちの文化以外のものとは
対峙したことのない人たちとのあいだにある。

帰路の切符をもたぬ旅だけが
家族、血縁、
狭い愛郷心からぼくらを救うことができる。
自分が生まれた村を一度も離れたことのない者は
不動の時間の中に居座り、
それがしまいには
その者の気質にとって有害であることが明らかになる。

この地球上の四分の三の人びとにとって
旅の形態はひとつしかありえない。
それは言葉も習慣も
知らない国で、

身分証明書をもたずに自分自身を取り戻すことだ。

自分自身の人生すら
どうにも
ならないのに、
他人の人生を
変えたがっている、といって
彼らを非難するのはまちがっている。

もしほんとうに出発したいのなら
旅行かばんのことさえ忘れなくてはならない。
物はぼくらに属しているわけではない。
ぼくらはたんなる快適さのためにそれらを手なずけてきただけだ。
扉から出る前に
問わなければならないのは、この快適さだ。
ここで冬を過ごすために必要な
最低限の快適さだって、
かの地では夢のような境遇だということを理解すべきだ。

到着したとき、ぼくは小さな旅行かばんをもっていたけれど、その中にすべてしまうことができた。今ぼくが所有しているものは部屋のあちこちに広がっている。あの最初の旅行かばんはどうなってしまったのだろう？　急いで引っ越したときに衣装棚に忘れてきてしまったのだろうか？　当時ぼくは、テーブルの上に最後の月の家賃を、そしてベッドには眠っている女の子を残して立ち去ったものだ。

たった今ぼくは、ガリバルディが孫と通りすぎるのを見た。その孫は金曜日ごとに放課後彼のところを訪ねるのだ。彼はお国言葉でおしゃべりしながら、孫にパスタをつくってやる。少年は十歳にしかならないが、世界でいちばん嫌いなやつは誰かと尋ねると、ユヴェントスのオーナーであるジアンニ・アグネリだと答える。彼の息子はイタリアの話をけっして聞きたがらなかった。それよりは、自分が生まれた国により親近感を感じられるホッケーのほうが好きだった。ガリバルディは孫で巻き返しをはかっているのだ。孫は粗悪なワインの瓶とダヌンツィオの黄ばんだ肖像画を相続するだろう。

どれほど大きい出来事でも、
人間の習慣を
変えることはけっしてできないのではないかと思う。
はっきりと気づくはるか以前から、
いつだって理由はよく分からなくても、

決心はとっくにできているのだ。
出発の瞬間というのは
ぼくらの中にあまりに長いこと刻み込まれてきたので、その瞬間が訪れると
いつもありふれたものに見えてしまうだろう。

書物の時代

新しいアパートに到着するとすぐ
ぼくはテーブルの上に自分の本を並べてみるのだった。
すべて何度も読み返されたものだった。
ぼくは読みたいという欲求が
自分を苦しめる空腹よりも強いときしか
本を買うことはなかった。

いまだに多くの人びとがそうだ。
ぼくらの条件が変わるときは
だれにとっても
同じだと思う。
ぼくは絶えず食べることと読むことのあいだで
選択しなければならない人たちを知っている。

ぼくはここで
一冬のあいだに
ハイチの貧乏人が
一生かかって食べるのと同じだけの肉を消費している。
ほんのわずかのあいだに、
菜食主義を強制されていた者が、肉食を余儀なくされることになった。

以前の生活では、食べ物が
毎日の心配の種だった。
すべてがおなかを中心に回っていた。
食べ物さえあれば、すべての問題は解決された。
これは経験したことのない人には
分からないことだ。

二年前、つよい熱帯低気圧（サイクロン）がハイチを通過したあと、ぼくはある若い学生から手紙を受け取った。そこには、被災者に食糧を送ろうと考えている善意ある人たちに、ぜひ次のことを伝えてほしい、とあった。それぞれの米袋には本が一箱ずつついていると望ましい。なぜなら、彼曰く「ぼくたちは生きるためではなくて、本が読めるために、食べている」からだ。

ある日、ぼくは
差し迫った必要もなく本を一冊買った。
その本は、台所の小さなテーブルの上で
タマネギやニンジンに混ざって
三カ月開かれることがなかった。
今ではぼくの本棚の
半分以上がこれから読むべき本だ。

ぼくは療養所（サナトリウム）にはいったら、堅苦しいトーマス・マン〔一八七五―一九五五、ドイツの小説家〕の『ブッデンブローク家の人びと』に浸ったり、ジュゼッペ・トマージ・ディ・ランペドゥーサ〔一八九六―一九五七、イタリアの貴族〕の『山猫』を克明に辿ったりしようと思っている。なぜ、ぼくらはけっして読まないはずの本を取っておくのだろう。『山猫』については、著者の名前だけで出費に値した。トーマス・マンの小説のほうは、読むのを妨げたものが何だったか、忘れてしまったが。

ぼくは小さな旅行かばんをもってまた出かけるだろう。
ここに到着したときにもっていたようなやつだ。

ほとんど空っぽで。
自分の本さえ
一冊も入れずに。

ポルトープランスにはほんの一晩泊まるだけで
すぐにプチ＝ゴアーヴ〔ポルトープランスから約七十キロ西に位置する都市〕に行き、
祖父のかつてのラム酒製造所から遠くない
あの家を見ること。
その後、祖母の墓参りをするために
さびた古い橋を渡るだろう。

ぼくはここで残された時間を過ごすだろう。
生涯で一度も本を
開いたことのない人たちと
四方山話（よもやまばなし）をしながら。
そして遅かれ早かれ
自分がこれまで読んだ小説と
書いた小説とを混同するかけがえのない瞬間が訪れるだろう。

この地球上ではすべてのものが動いている。
空から見ると、南側は
いつも運動しているのが見える。
全人口が
生活を求めて北に行く。
そしてすべての人がそこに着くと、
船の外にどっと飛び出すだろう。

ときには真夜中の電話が
一瞬にしてすべてを混乱に陥れてしまうこともある。
すると人は動揺して、我を見失う。
いつだって人生を変えるより
場所を変えるほうが簡単だ。

ぼくは旅行かばんの中にジーンズを二、三本、ワイシャツを三枚、靴を二足、何枚かの下着、歯磨き粉と二本の歯ブラシ、アスピリン一箱とパスポートを入れる。明かりを消す前に、台所の真ん中に立って最後にもう一杯水を飲む。

喫茶店で

ぼくは凍てつくような風の中を、うつむきながら通りの角まで行く。この通りを上るようになって三十年になる。サンドニ通りのそれぞれのにおい（小さなベトナム料理店が出すレアの牛肉入りフォー）、それぞれの色（かつての売春宿の壁に書かれた落書き）、それぞれの味（ぼくが冬はリンゴを、夏はマンゴーを買うくだもの屋）を知っている。本屋が洋服屋に代わった。熱いビール一杯で一日過ごせたみすぼらしいバーがあった場所には、インド料理やタイ料理、そして中華料理のレストランができている。

ぼくはオンタリオ通りの角にある
学生向けの喫茶店に駆け込む。

ウェイトレスはにこりともせずにぼくのほうを向く。

ぼくは奥の、暖房のそばに座りにいく。

しばらくしてから、彼女が注文を取りにくる。

アーケイド・ファイア〔モントリオールを拠点とするインディー・ロックバンド〕がかすかに聞こえる。

駅に駆け込む前に急いで朝食をとる。

ぼくはコーヒーを静かに飲みながら、紙のランチョンマットに載せる歌のためにこれらのメモを急いで殴り書きする。場面と場面のあいだに小さな挿絵を入れながら。

表面

第一場　ぼくはポケットに部屋の鍵を入れて通りをぶらつく。自分の全財産は今ポケットの中にあるという思いを（指先で）温めながら、その鍵をなくすのを恐れている。

第二場　ぼくはポルトープランスで知り合った友人とすれ違う。彼はぼくを家に招待してくれる。奥さんがぼくを官能的すぎる微笑と真夜中の眼差しで迎える。ぼくは長居しない。その手には乗らないからだ。

第三場　ぼくはモディリアーニ〔一八八四—一九二〇、イタリア出身の画家、彫刻家〕の展覧会をやっている美術館の前を通りかかる。お金を払わずに入る。彼の人生はぼくの人生と違いがない。質素な食事、長い首の娘たち、そして安酒。

第四場　ぼくは図書館の真向かいにある公園のベンチに座っている。すぐそばでは、茫然とした一匹のリスの前でふたりの若者がキスしあっているところだ。アヒルたちはどちらかというと無関心なようだ。

第五場　ぼくは小さな白黒テレビで古い戦争映画をぼんやりと眺めながら、ガーリック・スパゲティを作る。手がずんぐりしたドイツ人の女優が出ているが、名前を忘れてしまった。

第六場　ぼくは窓から、サマードレス（足も肩もあらわな）を着た若い娘が家に着くまで目で追う。彼女はうなじにぼくの視線を感じて、中にはいるときに振り返る。二日後、彼女はぼくのバスタブの中にいる。

裏　面

第七場　ある身なりのよい女性がローリエ大通りでぼくの前方を歩いている。彼女は片方のイヤリングを落とす。ぼくはそのことを彼女に告げようとするが、彼女は気づかないふりをする。ぼくが彼女の鼻先にイヤリングを突き出すと、それを両手でもぎ取り、まるでぼくが宝石を盗みたがっているとでもいうような目つきでこちらを見る。

第八場　あるバーで、自殺が話題になっている。ぼくはいつも、自殺に必要な勇気に感心してしまう。ぼくの横にいるやつは、もう二度も本気で自殺を試みたけれど、亡命生活は一日だって耐えられないだろう、とぼくに言う。ぼくはその反対だ。一度だって自殺を試みたら、そのあと生きていけるとは思えない。

第九場　ぼくはルパンティニーという、かなりの金持ちが住む郊外の小さな町にいる。若者たちはいつかモントリオールの美術画廊に自分の絵を出展するのを夢見ている。そこでぼくは、まず自分たちの客間を飾ることから始めてはどうかと勧めてみる。彼らはこれまでそんなことを考えもしなかったのに驚いている。ぼくは手持ちのもので用を足すことに慣れた国の出身だ。

第十場　若者たちが群れている。しばらく前からぼくがこっそり見ている娘が、ぼくにキスしにやって来る。果てしない接吻。彼女のボーイフレンドはにこにこしながらそれを見ている。酒を飲んだわけでも、何か吸ったわけでもない。このことはぼくの頭の中で小さな爆発を引き起こし、男女関係に関する考え方をすっかり変えてしまった。ポルトープランスだったら、ちょっと視線を交わすだけで事足りただろう。

第十一場　ぼくはシェルブルック通りにある移民労働者向けの修理センターに行く。もしほんとうに困っているなら、一日過ごすのに二十ドルあげますよ。政治の話をして、男はぼくがどんな状況で国を出たか、拷問を受けたことがあるか、知りたがる。そんなことはない。彼はしつこく聞いてくる。なぜならちょっと平手打ちを食らっただけでも百二十ドルもらえたからだ。それもない。帰りしなに、彼はぼくのポケットに封筒をすべり込ませる。通りの角で開いてみると百二十ドルはいっていた。ドーピングいっさいなしで百メートル走で優勝したみたいな印象だ。

第十二場　ぼくがサンテュベール通りに住むようになって以来、ぼくの上階で生活していた爺さん。階段ですれ違うとすぐさま、ぼくをむりやり自分の部屋に連れていって、笑顔でいっぱいのアルバムを見せたものだ。けれども、この建物に住むようになって二年間、彼に会いに来た者はいない。

春の歌——冬のコートを脱いで外出できる最初の日。ぼくはサンドニ通りを南下する。肌に日射しを受けて。

霜のおりた窓の背後で

十二月のこの午後のあいだ、
ぼくは霜のおりた窓の背後のひとつの影にすぎなかった。
自然が生み出すもっとも感動的な光景のひとつに
見とれている影に。
降りやむことのないこれほどの雪を、
うっとりと眺めていた。

詩人のエミール・ネリガン〔一八七九—一九四一、ケベックの詩人〕は
とてもみじかい詩句の中で
「雪」という語を二度使ったために不滅の人となった。
「ああ、なんと雪が、雪が降ったことだろう」。
ジル・ヴィニョー〔一九二八—、ケベックの詩人、シンガーソングライター〕のほうは
「ぼくの国は、国ではなくて冬だ」と歌ったために。

栄光はここでは氷越しにやってくるのだ。

北国の人びとは
あまりに強く海に引きつけられるようだ。
それにたいして氷は南国の人たちを恐れさせる。
前者が
後者よりも
容易に植民者になることは
暑さの魅力だけで説明できるだろうか。

誰もぼくのように
雪が大きな柔らかい塊になって
窓から落ちていくのを見たことがなかった。
ぼくは監獄のように思えた島から
逃げ出したけれど、
モントリオールでまた部屋の中に
閉じ込められている。

川まで続く
トウモロコシ畑の中を
すり抜けていく黄色い小さなワンピース。
ぼくは従妹（いとこ）を追いかける。
今なお魅了されたままのぼくの記憶の中の
夏休み。

エスカルゴスープを飲み、
分け隔てなくすべての葬式に参列するあの男の
小さな家から
聞こえてくるのは、洗濯女たちの歌声だ。

ぼくの瞼（まぶた）の裏側には
幼年期の太陽に灼かれたイマージュの数々。
時間が途方もない速さで過ぎ去るので
ぼくの人生はさまざまな色のマグマになる。
極地の夜はこんなふうに過ぎてゆく。

このもの悲しい陽気さは
いつも同じ時間にぼくの頭上に降りてくる。
夕方、車がヘッドライトを点(とも)し、
その光がぼくの部屋を駆け巡って
ぼくに子どもじみた恐怖を思い出させるときだ。
ぼくはシーツの下にもぐり込む。

矢は闇夜の中で
物音を立てない。
苦痛は
あまりに突然現れ
夜明けまで
消えない。

夜行列車

列車の中で。
ゆるやかな時間。
揺られるがままになる。
闇の中で
幻の列車とすれ違ったとき
ぼくは跳ね起きた。

蒼白な顔の数々が
ぼくに与えたのだ。
この列車は一九四四年のほうに遡行しているのだという印象を。
この閃光（速度と光）と
ぼくの混乱した頭によって生み出された
悪夢のような瞬間。

ぼくらは広々とした平野を走っている。
家々を照らし出す青白い光。
彼らがテレビにかじりついているところを想像する。
自室にひとりきりで夕食をとっている老人。
列車は次の町に着くまで
速度を落とさないだろう。

煌々（こうこう）と照らし出されたビル。歩道に伸びた影法師（シルエット）。ハドソン湾会社〔十七世紀に北米大陸で毛皮交易のために設立された会社。現存するカナダ最大の小売業〕に毛皮を売っていた屈強の罠猟師たちが、香水を染みこませたエレガントな都会人になったのだから、驚きだ。頭をふらつかせる森の匂い——雨と緑の葉と腐った木が混ざった秋の匂い——を紛らすことができないオーデコロンの匂い。けれどもこの植物界はそんなに遠くはなさそうだ。かの有名な森を駆ける人たち〔罠を使う猟師のこと〕は今では囚われのテレビ視聴者にすぎない。

すべては静かに執り行われたのだろう。切れ目のない譲渡の鎖がぼくらをこの新しい生活様式に導いたのだ。個人についてもまたしかり。群衆がぼくらを一人ひとり飲み込んでいく。五十六歳の今、ぼくは何にたいしてもノーと答える。最初にもっていたこの性格の強さをふたたび見出すまでに半世紀かかった。拒否する力。頑固にならなければいけない。拒否を前面に出しつづけること。イエスにあたいするものなんてほとんどない。人生に三つか四つくらいのものだ。それ以外はためらうことなくノーと答えるべし。

この新教徒のアメリカ大陸で生きるための重要な秘訣は、けっしてうぬぼれ屋に見えないように気をつけることだ。彼らは、個人としては、生活のすき間に身を潜めようとするが、集団としては、世界にたいして影響力をもつのを当たり前だと思っている。このような緊張がときとして耐えがたいものになるのはうなずける。しまいには我慢できなくなって、彼らは己の奥深くにためこんでいた胆汁を一気に吐き出しはじめる。大量の黒い血。気づくのが遅すぎたのだ。ルールなんてないし、天国もない、だから自己犠牲はむだだった、ということに。失敗した人生。そして、誰かがその代価を払わなければならない。もっとも弱い者が力一杯殴られるだろう。しかし彼らが生きるためのエネルギーを取り戻したと思う瞬間は、彼らの敗北の瞬間でもある。

ぼくは眠りに取り憑かれる前に
一瞬思念の中に逃避する。
とても甘美な転落だ。
ひとつの町で眠り
別の町で目覚める。

セゼールという名の詩人

列車がふたたび駅にはいる。ぼくの横で谷崎の小説を読んでいた娘が下車する。ミモザの花束をもって待っていた青年が、彼女の首にすばやくキスする。ホームは空になる。カップルはあいかわらずはんだづけされたまま、唇を合わせている。列車がゆっくりと動きだす。娘は席に本を忘れた。彼女はもう別の場所にいる。本も列車も、彼女を彼のもとに連れてくるのに役立っただけだ。

都会の狭くて埃っぽい一室に忘れてしまった、ぼくの最初の旅行かばんの話に戻ろう。幸い、取り戻す価値のあるものだけは取り戻せた。訪れたことのない国でどのように生きればよいか、ぼくに事細かに説明している母の手紙と、マルティニックの詩人エメ・セゼールの『帰郷ノート』のよれよれになった一冊だ。ぼくはこれらを肌身離さずもっている。

真夜中の電話。ウィンザー・ラフェリエールさんのお宅ですか？　はい。こちら、ブルックリンの病院です……。ウィンザー・ラフェリエールさんが先ほどお亡くなりになりました。ぼくらは名前が同じなのだ。ぼくの電話番号は彼の身の回りから見つかった。電話は彼の世話をしていた看護師からだ。彼は体調がよくないと自分のところに来たものだ、と彼女はおだやかで抑揚のない声でぼくに語る。ときには深刻な発作でした。そんなときはわたし以外の誰も彼に近づけませんでした。怒りがあれほど激しく棲みついていたにもかかわらず、とても穏やかな人でした。お父様は微笑みながらお亡くなりになりになりました。わたしが言えるのはそれだけです。仰向けになって、ぼくは長いあいだ天井を見ていた。

ぼくはトロントで降りる。画家の旧友に会いにいく時間が少しある。ぼくたちは、彼が今展覧会をやっている画廊のそばのバーで一杯やった。同い年なので、いろいろなことがほとんど同時に起きた。彼の父親は今年初めに亡くなったが、ぼくの父と同じ頃に国から逃げなければならなかった。父親がいなくて、女たちに育てられた息子たちの世代だ。彼女たちは、次々に起こる出来事にお手上げだと感じると、いっそう声が鋭くなるのだった。彼の薄暗い小さなアトリエに戻って、ラム酒を飲む。明け方、彼はぼくを駅まで見送ってくれた。

ぼくはいつもセゼールの詩集をもって旅行する。ほぼ四十年前に初めて読んだときは、かなり退屈だと思った。ある友人がぼくに貸してくれたのだ。十五歳で読めたのが、今では不思議な感じがする。アンティル諸島の若者たちの心に呼び起こすことのできた熱狂が、ぼくには分からなかった。それがすさまじい怒りを体験した聡明な人間の作品であることはよく分かったが。ぼくは、彼の顎が引き締まり、眼は涙で曇っているのが感じ取れた。そういうことはすべて分かったけれども、詩は感じられなかった。ぼくにはその文章があまりに散文的に思えたのだ。あまりにむき出しに。そして、今晩、ぼくがついに父のほうに向かうとき、突然、それらの言葉の向こうにセゼールの影をはっきりと認めることになる。そして、彼が怒りを乗り越えて、言語のこの冒険の中に未曾有の領域を発見した地点が分かる。セゼールの衝撃的なイメージが今やぼくの眼の前で踊っている。そしてこの執拗な激怒は、植民地開発を告発する意志よりも、尊厳をもって生きたいという願望に起因したものなのだ。この詩人は、ぼくを引き裂くこの苦痛と、父の微笑とをぼくに結びつけさせてくれる。

セゼールの写真が一枚ある。
彼は長いすに座っている。
背後には海。
彼をひ弱な鳥に似せている
カーキ色のゆったりした上着を着て。
彼の生気のない微笑と
あまりに穏やかな大きな目は、
ぼくたちの眼前で
彼を焼け焦げた木の幹に変える
あの激怒を見抜かせてくれはしない。

雨のマンハッタン

あらゆる色の傘。モントリオールではまだ凍（こご）えているのに、ニューヨークはこんなに暑い。おじたちはこの暑さを歓迎しながらも、いささか驚いている。まるで夏のようだ。熱帯地方のマンハッタン。ザシェおじさんは、これは自然が父に与えてくれた贈り物だと主張する。父は寒いのが嫌いで、寒さを、人間たちがおこなう不当な仕打ちにたとえていたから。父の場合、雨がやってきたのは遅すぎた。

人生の最後の数年間を
たったひとりで過ごした男のために、
マンハッタンのこの大きな教会に群衆が集まる。
人びとは父のことを忘れていなかった。
彼が誰にも会いたがらなかったので、
賞賛するために
その死を忍耐強く待っていたのだ。

今や彼は逃げられないので、
人びとは彼を褒めちぎる。
定住者は動けなくなった放浪者を
見るのが好きだ。

長い箱の中に押し込められて。
彼はそれを、幼年期を過ごした
ギノデ川〔ハイチの川。ジェレミーの近く〕の上をすべらせてくれる
丸木舟だと思うにちがいない。

これら多くの年老いたハイチ系のタクシー運転手——彼らは大半がブルックリンの病院で看護師の助手をしている妻を同伴しているが——にとって、父は、将軍＝大統領の不当な権力にたいしてある日立ち上がった若者のままだった。彼らの青春時代の栄光だ。

父のことをこんなに近くから見るのは
これが初めてだ。
手を伸ばしさえすれば
父に触れられる。

それをしないのは、
生前
父がふたりのあいだに保とうとした距離を
尊重するからだ。

ぼくは『帰郷ノート』の一節を思い出す。セゼールはそこで、トゥーサン・ルヴェルチュール〔一七四三?—一八〇三、後にハイチ共和国となるフランス植民地サンドマングの政治家。黒人軍を組織し、奴隷制廃止を明文化した〕の亡骸を要求している。ナポレオンにとらえられ、一八〇三年の冬、フランスのジュー要塞〔スイス国境近くにある城塞。十七世紀以降、牢獄として使用されていた〕で凍死した彼の亡骸を。奴隷たちの反乱を指揮した英雄の凍った死体を、百五十年後に要求しにくる詩人の、抑制された怒りに震える唇。「私のものであるのは、白に閉じ込められたひとりの男。」

白くて長いアストラカンの毛皮のコートをまとったひとりの女性が、最後列付近にひっそりと立っている。

かすかに見て取れる微笑み。
ブルックリンの蒸し風呂のような部屋での
ある夏の午後の思い出が、
死によって消えることはけっしてあるまいと

確信している者の微笑みだ。

最後まで、
たとえ汚くても、
気がふれていても、
父は以前のままの
ダンディーだった。
魅力には説明は不要だ。

いったい今、みんなは誰のことを褒め称えているのだろう。
話題の中心人物は
もう何も聞こえないのに。
彼の旧友のひとりが逸話を語っている。
それがみんなを面白がらせているようだ。
遠くで笑い声が聞こえる。

父は、ぼくのすぐそばで、棺にはいっている。
ぼくは横目で見張る。

真正面から見るには
まぶしすぎる星。
死んだ父とは、そういうものだ。

確かなことは、母が知らせを聞かないうちは父は死んでいない、ということだ。彼女は今、ポルトープランスのヴェランダに座って、もう一度彼のことを考えている。それは彼が出発してから、毎日彼女がしていることだ。ここ数日、彼のドアの前で風が吹き、ぼくがそのたった一本の枝にすぎない木を運び去ってしまったことを、彼女は知っているのだろうか？

外は本格的な熱帯の嵐だ。
木の枝々は折れている。
タクシーは五十番街で
酔っぱらいみたいに進路を外れている。
平然としている霊柩車も水の上で滑る。
まるでバラデールにいるみたいだ。
ハイチのヴェニスと呼ばれる、父の生まれ故郷の村。

ブルックリンの小さな部屋

父はほとんど空っぽの小さな部屋に住んでいた。ブルックリンの墓地で雨の中、埋葬が行われたあと、おじたちがぼくをその部屋に案内してくれた。晩年、父は何ももっていなかった。彼の政治的活動は民衆のほうを向いていたのに、自分自身はほとんど一生孤独な人間だった。二十年前から、夏も冬も、毎日ブルックリンとマンハッタンを徒歩で往復していた。彼の人生はまさにこの絶え間ない行き来だった。全財産として残っていたのはチェイズ・マンハッタン銀行に預けてあった旅行かばん一個だけだ。

ぼくの父は
人生の
半分以上を
自分の土地からも
自分の言葉からも
そして自分の妻からも離れて過ごした。

ぼくは何年か前に父の部屋の扉をノックしたことがあった。返事はなかった。父が部屋にいることは分かっていた。扉の向こうで荒々しい息をしているのが聞こえたから。ぼくはモントリオールからわざわざ来たので、しつこく迫った。おれには子どもなんかいたためしはない。妻も、祖国ももったことなんて一度もない、とわめいているのが、今でも聞こえてくる。ぼくの到着は遅すぎた。家族から遠く離れて暮らすつらさがあまりに耐え難くなったために、父は自分の記憶から過去を消し去ってしまわなければならなかったのだ。

いったいいつ
父は悟ったのだろう。
自分がハイチには
もう二度と戻らないだろうということを。
そのとき
正確に何を感じたのだろう。

凍てつく長い夜のあいだ
ブルックリンの小さな部屋で
何を考えていたのだろう。

外にはたしかに、世界でもっとも活気あふれる町の
情景が広がっていた。
しかしこの部屋の中には、彼しかいなかった。
人生のあまりに早い段階で
すべてを失ってしまったこの男しか。

ぼくは父の部屋で、カーテンを引いて、想像してみる。怒った若きセゼールが描写したのとよく似た自分の町を夢想している父を。「そしてこの無気力な町の中の、唖然とするほど自らの叫びを素通りしてしまうこの騒々しい群衆、そして、心穏やかに、自らの動きを、自らの意味を素通りし、その真の叫びを、それだけがこの町のものであると感じられるがゆえに、聞きたいものであった、ただひとつの叫びを素通りしてしまうこの町……。〔砂野幸稔訳〕」叫びはまだ、詩人の喉に詰まったままだ。

おじたちは、ニューヨークでただひとり父の友人だったチャーチ通りの床屋にぼくを会わせたがった。彼は葬儀に参列しようとしなかった。わたしはいつもウィンザーに、葬式には行かないよ、と言っていたんです。それにはふたつ理由がありましてね。ひとつには、わたしが死というものを信じていないからです。ふたつ目は、神を信じていないからです……。さあ、そうはいっても、このろくでもない人生におけるわたしの最後の友人の息子さんにお会いできるのは、光栄の至りです。
客のひとりが、お父さんのことは好きでした、と言おうとした。まず、あなたは死んでいない、そ

れから、あなたはウィンザーではない。彼はぼくの前に来て立ちはだかる。あなたはお父さんによく似てますね。体つきのことではありません。そんなものは、目先のことしか見ない、ばかなやつらが言うことです。あなた方は同じ木から切られているという意味です。つまりですね。みんなが笑う。先生、あなたがおっしゃりたいことはよくわかりました、とザシェおじさんが言う。それを言ったら……。さあ、お若いの、座りましょう。そしてあんたは向こうに行っててください、と彼は退散を命じられるのを待っていた客に言う。急いでいませんから、とぼくはトイレのそばに行って腰を下ろしながら言う。ごらんなさい、彼らは同じ木でできている。わたしが言ったことは正しかったでしょう？空いている席はたくさんあるのに、やっこさんは隅っこのウィンザーの席に腰かけたんですから。お父さんが四十年前から毎朝コーヒーを飲んでいたのは、この場所ですよ。コーヒーを淹れるのは、わたしでなければなりませんでした。ほかの誰でもだめだったんです。うちのやつはお父さんのことが大好きで、洗濯もしてあげていたのですが、それでもだめでした。ウィンザーが汚い服を着て散歩していた、という人たちの言葉を信じてはいけませんよ。そんなのは嘘っぱちですから。彼の奥さんは、キング牧師〔一九二九―一九六八、アフリカ系アメリカ人公民権運動の指導者〕の大きな写真のそばに立って、うなずく。うちのやつも葬式に出ました。まだ神を信じてますからね。まるでわたしだけじゃウィンザーには不足みたいにね。みんなが笑うが、彼は、笑わない。さあ、今度はあなたの番です、ウィンザー。先生、ウィンザーは死んで、埋葬されましたよ、と客のひとりが言う。ぼくも同じ名前なんです、とぼくが言う。どうしてみんなこんなふうに急いで、でたらめにしゃべろうとするんでしょう。この人たちのことでまったく不可解なのはこの点ですよ。いつでも自分の考えを述べていい人がふたりいましたが、死んでしまいました。ひとりは預言者で、キング牧師。もうひとりは、気がふれたウィンザーです。ほかの人たちは、黙りなさい。ウィンザーは死んでいないと言ったでしょうに。あんた方は彼の葬式に行ったけれど、彼はここに静かに座ってますよ。彼の席にね。こうやって、ぼくはトイレのそばの席を受け継いだのだ。

おじたちは銀行に向かって歩きながら
手をつなぐ。
まるで森で迷子になるのを
怖がっている子どものように。
この何気ない身振りで、ぼくは彼らが狼狽していることに気づく。
「君のお父さんは」とザシェおじさんがぼくに小声で言う。
「まるで行くところをつねに知っているかのように
まっすぐ前を向いて歩いたものだよ。」
幾人かの人たちは、ぼくたちが通りかかると振り向く。

旅行かばん

ぼくたちは、父がチェイズ・マンハッタン銀行に預けてあった旅行かばんを取り戻そうとした。ぼくが父と同じ名前なので、従業員は銀行の金庫室のほうへご案内します、と言って、父の個人用金庫の鍵を渡してくれた。おじたちと一緒に、ぼくはつま先だってそこにはいっていく。このような質の静寂は、銀行、教会、あるいは図書館にしか見つからない。人間はお金と、神と知識――彼らを押し潰す大きな車輪――の前でしか黙らないのだ。ぼくたちの周りには、財界と極度の貧困が共存するこのニューヨークにおいて個人資産ではちきれそうな小さな金庫の数々。従業員はぼくたちだけ残していく。父のキャビネットを開け、ひとつのアタッシェケースを見つける。

ぼくはそれを開けようとして、暗号を知らなくてはならないことに気づく。数字と文字。あらゆるものを試みた。父の誕生日とさまざまなファーストネーム、ぼくの誕生日とペンネーム。おじたちは可能なかぎりあらゆる日付をぼくに言う。彼らの子どもの頃の友人が非業の死を遂げた日付まで。万策尽きて、大いなる漂流の前の父の最後の電話番号も試してみた。失敗だった。ついに、従業員が戻ってきて、旅行かばんをもとの位置に戻さなくてはならなかった。あらかじめ一連の質問に答えなければばそれを持ち出すことはできなかったし、それらの質問でぼくの正体はばれてしまったはずだ。だからキャビネットに旅行かばんを戻した。従業員はチェイズ・マンハッタン銀行の大きな金庫をぼくたちの後ろで閉めた。

おじたちは鉄の扉の前で
茫然としている。
ぼくはむしろ、これほどの重荷を
背負わずにすんで、ほっとしている。
潰えた夢がはいった旅行かばん。

おじのひとり、いちばん若い人が
突然ぼくの腕をつかむ。
ぬれた路面であやうく滑るところだった。
君の父さんはぼくの大好きな兄貴だった。
とても控えめな人だったよ。
ぼくたちの一人ひとりと
特別な関係を保っていた。
ぼくたちと一緒に住むことはずっと拒否していたけれど、

ぼくらの生活の中でとても存在感があったんだ。
彼なりのやり方でね、と共犯者のようなウインクをしながら締めくくった。

ぼくたちは、父がマンハッタンで昼食をとっていた、揚げ物のにおいが立ちこめたレストランの窓際の長椅子を選んだ。若いウェイターが駆け寄ってくる。まだ昼食をとれるかい？　とザシェおじさんがたずねる。うちでは二十四時間昼食を出しています。ニューヨークでは、ベーコンエッグとフライドポテトを要求する人がいるかぎり、いつだってこうでしょう。ザシェおじさんが、こっちにおいでとぼくに合図する。おじは、父と親しかったオーナーの奥さんにぼくを紹介したかったのだ。彼女は腕がとても白く、鼻の下にはうっすらとひげが生えていて、眼がきらきら輝いている。あなたのお父さんはお昼はいつもここで食べていたんですよ。お父さんの話を聞いてからは、お金を払ってもらうのをやめました。ニューヨークにはたくさん亡命者がいるので、全員を招待することはできませんでしたが、お父さんが歩んできた道のりは、うちの人と似ているんですよ。ふたりとも、政権から遠のけられる前は、ジャーナリストで大使でしたから。うちの人はエジプトとデンマークで大使でした。最初、ふたりは外国の政治の話をしながら時間を過ごしていました。うちの人が熱中していましたから。私がこのレストランを買ったのも、うちの人が同胞と会って政治談義ができるようにだったんです。お父さんはいつも帰りがけにレジに立ち寄りました。わたしの寛大さを既得権にしたことは一度もありません。わたしが拒んでも、お父さんはしつこかったですよ。お釣りを返すふりをして、お金を返したものです。お父さんは全部ポケットに入れました。お金を数えるような人ではありませんでしたからね。気がついたことはあるんですか？　彼女はやさしく微笑んだ。わたしは憐れみでそんなことをしたわけではありません。とくにうちの人のためだったんです。お金が払えないと思ったら、もう会えなくなると分かっていましたからね。だから、お父さんがいつでも食事の代金を払えるように工夫したんです。で、あなたのだんなさんは？　あそこ、窓のそばにいます。大丈夫なこともありますが、だめなときもあります。もう一週間もお父さんのことを待ち続けています。亡くなったとは言えませんよ。

父がハイチを離れたのは
ぼくが四歳か五歳のときだった。
父は家にいるより、レジスタンス運動で身を潜めていることのほうが多かった。
これがぼくに生を与えてくれた人だ。
ぼくは父がどうやってネクタイを結んだかさえ知らない。

亡命の息も詰まるような孤独の中で、
ある日父は、この旅行かばんを銀行に預けるという
すばらしい考えを思いついた。
自分のいちばん大事な財産を
安全な場所におさめてから

通りをぶらついている父が目に浮かぶ。

その旅行かばんはぼくを待っていた。
父は息子の反応を信頼していたのだ。
父が知らなかったのは
(だから黙っててくれ、死者に知らせることは何もない)、
運命が父から子に受け継がれることはないということだ。
この旅行かばんは父だけのもの。
彼の人生の重みだ。

最後の朝

ぼくにはよく分からない。
その朝、ブルジョワ通り五五四番地の友人ロドネー・サンテロワ〔後出の出版社社長〕に
なぜこんなに会いたかったのか。
ポワント＝サンシャルル〔モントリオール南西区にある界隈〕の労働者街にある
左翼系のつましい出版社にしては
この通りの名前がどんなに皮肉か、感じてほしい。

急な階段の上で
サンテロワの満面の笑みと、
タマネギ、トマト、レモン、赤ピーマンの
薄い輪切りでできた敷物の上で
弱火で煮えているサーモンがぼくを待っていた。

壁には、ジャック・ルーマン〔一九〇七—一九四四、ハイチでもっとも尊敬されている作家、政治家のひとり〕の輝かしい詩が貼られている。
弾丸が雨あられと降るマドリッドを、
ロルカ〔一八九八—一九三六、スペインを代表する作家〕を思わせる
女性的な上品さで
あれほど悲しげに歌った若者だ。

サンテロワとぼくは
座っている。
互いに向かい合って。
ふたりともハイチからやってきた。
彼はようやく五年になるところ。
ぼくはほとんど三十五年前に。
ぼくらのあいだには果てしなく続く三十回の冬。
それは彼が辿らなければならない困難な道だ。

彼はぼくが出発するときに
到着する。
ぼくが終わるときに

始める。
もう見張りの交替だ。
時間はなんと速く過ぎ去ったことか。

いつか彼の前には
弟のように
自分とよく似た
別のやつがいるだろう。
そして、今日ぼくが感じているのと同じように
感じるだろう。

研修生の女の子がぐっすり眠っている赤い長いす。夜はにぎやかだった。何本かのワインの空き瓶、化粧道具がはいった箱、黄色と黒のブラジャー。食べ残しがまだテーブルにある。スパイスの小瓶。浴室の床に落ちたタオル。シンクをふさいでいる汚れた皿の数々。ぼくは草木の植えられていない中庭に面した小さなバルコニーに出る。労働者が住む郊外での知識人の生活だ。

壁にはティーガ〔一九三五―二〇〇六、ハイチの画家〕の絵が二枚。入り口には詩人ダヴェルチージュ〔一九四〇―二〇〇四、ハイチの詩人〕の写真が一枚（明るい色のスーツに黒の山高帽をかぶり、満面の笑みを浮かべている）。くつろいでい

るダンディの苦悩をかかえた微笑は、ぼくの父を思い出させる。メモワール・ダンクリエ社〔モントリオールの出版社〕から出版された最近の本があちこちに散らばっている。シーツのあいだ、ベッドの下、冷蔵庫の上、浴室、クレオール風チキンがコトコト煮えている火のついたオーブンの上にまで。

寒さと
孤独が組み合わさった亡命生活。
その場合、一年は二倍の長さになる。
ぼくの骨はひからびてしまった。

同じ景観を見るのに疲れ果てたぼくらの目。
同じ音楽を聴くのに飽きてしまったぼくらの耳。
ぼくらはこういう自分たちに
なってしまったことに失望している。
そして知らぬまに起こった
この奇妙な変貌が
まったく理解できない。

しかも時間的な亡命は

空間における亡命以上に無慈悲だ。
ぼくの幼年期は
故郷よりも
むごくぼくに喪失感を味わわせる。

ぼくは本に囲まれている。
たまらなく眠い。

夢の中で
父の旅行かばんが
空中を舞っているのを見る。
そしてゆっくりとぼくのほうに向けられる
彼の厳しい視線を。

飛行機の窓から最後の一瞥。
ぼくがもっとも強い情熱を経験した
この白くて寒い町。
今ではほとんど火と同じくらい
氷がぼくの中に棲み着いている。

Ⅱ 帰還

ホテルのバルコニーから

ホテルのバルコニーから
ぼくはポルトープランスを見る。
ターコイズブルーの海にそって
町は今にも爆発しそうだ。
遠くには、太陽があたったトカゲのような
ゴナーヴ島。

ほんのわずかのあいだ——かろうじて八秒間、
ぼくの視界を
横切る鳥。
ほら、また戻ってきた。
それとも別の鳥か？
どうでもいい。

ホテルの中庭をせっせと
掃いている若者は、
昨日の朝の老人とはまったく異なり、
何かほかのことを考えているようだ。
掃くことは、夢見ることを許してくれるので、
破壊的行為だ。

今朝ぼくが読みたいのは
セゼールではなくて
ランザ・デル・ヴァスト〔一九〇一―一九八一、イタリアの哲学者、詩人、反暴力の活動家〕だ。
彼は冷たい水一杯で
満足することができる。
ぼくは怒ったやつではなく、
心穏やかな人間を必要としている。
もう考えたくない。
ただ見て、聞いて、感じていたい。

そしてこの熱帯の色、匂い、味の
爆発で中毒になり、
気がふれる前にすべてを書き留めたい。
このような風景に身を置くのは
とても久しぶりだ。

「嫉妬（ジャルージー）」という名のスラム街では（近くに豪邸が建ち並んでいるのでこう呼ばれるのだが、それがこの地に根づいているユーモアのようなものを表している）、少女がいちばん先に目覚めて、水を汲みにいく。ぼくはホテルの女主人が貸してくれた望遠鏡で、彼女の姿を追う。少女は頭にプラスチックの容器を乗せ、右手にもうひとつ持って子ヤギのように山をよじ登る。目覚めたばかりの界限を観察しているうちに、ぼくは彼女のことを見失ってしまった。あっ、またいた。痩せた幼いからだに濡れたワンピースが貼りついている。ヴェランダでコーヒーを飲んでいる、ネクタイを締めて、口ひげを生やした男が、彼女を目で追っている。

このシーンを近くから観察してみよう。
口ひげを生やした男をクローズアップする。
彼は、娘の腰の踊るような動きに
とてつもなく精神を集中させている。

これほどしなやかな身体の、どんなに小さな動きも
彼の小さくて貪欲な目は見逃さない。

鼻がかすかに震え、
ネコ科の動物が飛び跳ねる。
爪がうなじに突き立てられる。
少女の背中が弓なりになる。
叫びは聞こえない。
すべては
コーヒーを一口、そしてもう一口飲むあいだに
彼の頭の中で生起したことにすぎない。

ぼくは椅子の脚もとに
静かに望遠鏡を置きながら
ヴェランダにすわる。
朝六時からギラギラと輝く太陽に
温められて
代わる代わる浅くも深くもなる眠りの中に

まもなくすべり込んでいくだろう。

ぼくの鼻に立ちのぼってくる
熱い血の匂いに
ほとんど息が詰まるようだ。
肉屋がぼくの窓の下で
肉を切り分けているのだ。
鉈が鋭い音を立てている。
空中に描かれるこの赤い弧。
子ヤギの掻き切られた喉。

動物は苦痛を感じて微笑しているようだ。
彼の淡い緑色の目がぼくと合う。
このような穏やかさの向こうに何があるのだろう?
彼のうなじは
そよ風にたわんだサトウキビ畑のように折れる。

ぼくのうしろでは女主人が

目で微笑んでいる。
彼女の苦痛の
長い経験は、
人生の嵐に
立ち向かうこと以外の
すべてを学ぶ
時代に
教えられるべきだろう。

人波

ぼくは通りに降りていく。
人波の中で
湯浴みするために。
ひとりならずの者が
毎日そこで溺れている。

このエネルギーの中で
不在だった年月を取り戻したいと願っている
すべての亡命者の、新鮮で無邪気な肉体を反芻する群衆。
ぼくはそれらの亡命者の最初の者でも最後の者でもない。

歩道で。
公園で。

通りでも。
みんながものを買う。
みんながものを売る。
人びとは絶え間ない喧噪で
貧困をだまそうとする。

ぼくはあらゆるものを一瞥する。
トランジスタラジオを聞いている農民。
オートバイに乗ったチンピラたち。
ホテルのそばで客引きしている小娘たち。
緑色の汚泥の上を飛ぶ
ハエたちがかなでる音楽。
ふたりの役人が公園をゆっくりと横切る。

耳に携帯電話を押し当てて、向かい側の歩道で笑っているあの娘にズームを合わせよう。一台の車が彼女のそばに止まる。けたたましいクラクション——手がクラクションの上で固定されてしまっているようだ。娘は何も聞こえないふりをする。車は行きすぎる。この光景を見ていた果物売りの女たちの笑い声。

単純な色の数々。
素朴なデッサン。
子どもたちの声。
空っぽの空間はない。
すべてがなみなみと満たされている。
もう一滴涙がこぼれたら、
人びとが笑いながら溺れていく
この苦痛の大河は溢れるだろう。

誇らしげな顔。
空腹。
この娘の精神的な優美さ。
彼女がぼくの前を通り過ぎるのは
この五分間でもう三度目だ。
ぼくの行く手に目もくれず。
ぼくのほうからほんのかすかな身振りをするのを待ちかまえている。

二百万人以上の住民のうち
半分が文字通り飢えている町というものを
あなたは考えたことがあるだろうか？
人間の肉体だって、肉であることにかわりはない。
必要の前で、タブーはどれだけのあいだ
持ちこたえられるだろうか？

肉欲。
幻覚を引き起こす映像。
斜めの視線。
昼に、隣人を
むさぼり食いたいものだ。
皮がたいそうやわらかい
あのマンゴーのひとつのように。

ひとりの男が友だちの耳に何かをささやく。
友だちは控えめに微笑する。
かすかな風が女のワンピースを持ち上げる。

彼女は笑いながら、急いで塀の陰に隠れにいく。
あまりに細かくて、降っていることに
気づかなかった雨。
貧困が昼寝する。

この優柔不断なトカゲは、
さんざん考えたあとで、
枝から跳ぶ。
淡い緑のきらめきが
空間をはげしく打つ。

ぼくはこの町にいる。
ヴィラット通りとグレゴワール通りの角で輝く
太陽のもとで、
生きているという単純な喜び以外には
一度として
何も
起こらない町に。

通りに沿って塀にかけられた、埃まみれの何百枚もの絵。まるでひとりの芸術家によって描かれたもののようだ。この界隈では絵画はサッカーと同じくらい人気がある。植物が鬱蒼（うっそう）と茂った風景が何度も現れ、芸術家は本物の国ではなく、夢見られた国を描くのだと言っている。

ぼくはこの裸足の画家に尋ねた。
彼の回りではすべてが悲嘆だというのに、
どうして彼はいつもずっしりと瑞々しい果実の重みで
折れそうな木々ばかり描くのかと。
まさに、と彼は悲しげな微笑をたたえながら答える。
窓から見えるものを
誰が客間に飾ろうなんて思うでしょう？

鳥たちはどこへ行ったのか？

マンゴーの木の枝にたったひとりで座り
壊れた古いギターをかき鳴らしている
少年を見ると、
ぼくはアマチュア音楽家が
鳥たちに代わったのだと思う。
この少年に欠けているのは
一対の透明な翼だ。

三十五年前ぼくのことを知っていたある男が、両腕を広げてこちらに近づいてくる。彼はぼくがすっかり忘れてしまっているか、さらに悪いことには、興味のない思い出を、唾をまき散らしながら事細かに喚起する。会話のあいだ、ぼくは彼の視線を避けようとする。甘美な再会の瞬間になろうとしていたものは拷問に変わってしまった。ぼくは彼が本題に入る瞬間を待ち構える。つまりお金だ。結局、彼は何も頼まずに去っていった。ぼくは彼を見くびったのかもしれない。歩きながら彼のおしゃべりを思い出そうとする。なぜ、もっと注意深く聞いてやらなかったのだろう？　彼の服が汚くて、爪が

真っ黒で、歯が抜けていたからか？　彼がもう少し清潔で羽振りがよさそうだったら、もっと注意を
向けただろうか？　とはいえ、彼はぼくの眼の前に、青年期のアルバムを広げてくれていたのだ。

市役所の中庭に落ちた枯れ葉を
掃除している
少し腰の曲がった老人。
彼はこの仕事を一日中続けるにちがいない。
ときどきしゃがむが、
ちょっと風が吹いて
枯れ葉が落ちるたびに、また立ち上がらなければならない。

そこから遠くないところ、少女がたった今拭いたばかりの黄色の長椅子では、市長に面会するのを
待ちながらふたりのビジネスマンがおしゃべりしている。通行人たちの声がふたりのひそひそ声での
交渉をかき消す。彼らはつねに金で守られた世界で生きてきた人たちだ。

労働者の稼ぎが
一日一ドル以下の
国では

新しいお金を目にしたときの
効果なんて
皆目見当もつかない。

ぼくは昨晩、ディスコの前で、
赤いミニスカートをはき、
黄色のブラウスを着ていた
娘を思い出す。彼女は、自分は売春婦ではない、
なぜなら「お金が欲しいんじゃなくて、
お金で
買えるものが全部ほしいんだもの」と叫んでいた。

ぼくはホテルのアーモンドの木の下に座っている。
昼寝の時間に。
低いピンクの塀が
ぼくを通りから隔てている。
本物の生活は向こう側にある。

ベンチの上に立って、ぼくは塀越しに、カラフルな果物をピラミッド状に積んだ山の前にいる三人の娘を観察する。彼女たちはおしゃべりしているが、あまりに早口なので全部は聞き取れない。しかしぼくにはその光景の美しさのほうが魅力的だ。

ぼくが市場で見るものは
買ったばかりの小さな絵の中で
見るものと違いがない。
ふたつの光景を見比べても、
どちらがどちらを真似ているのか
判断できない。

一羽の鳥が真昼の澄んだ厳しい空に向かって
勢いよく飛んでいく。
とても痩せているが、
太陽に限りなく近づこうという
驚くべき決意をもっている。
鳥があまりに遠くなってしまったので
ぼくの目は勝負をやめてしまった。

ここでは死なない

髪をきれいに結った娘。
膝が隠れる黒いスカート。
早足で狭い広場を横断し、
公衆電話のほうに向かうが、
回線は切れている。
彼女は電話ボックスの横のベンチに座る。
両手で頭を抱えて。

喪服の男たち。
泣いている女たち。
太陽が照っているのに小雨が降っている。
小さな墓地は、市場の背後に隠れていて、
平和のオアシスだ。

夫に死なれたわけではなくても喪服の女たちが
死者たちのあいだに来て、
話を遮られる心配をせずに
自分たちのつらさを語る。
ここは人殺しが行き来しない
ただひとつの場所だ。

海の向こうで
起こっていることを見る機会は
けっしてないだろうと知りながら、
木を切り払われた島にいること。
ここに住む大多数の人びとにとって、
あの世は、自分たちがいつか訪れてみたいと期待する
ただひとつの国だ。

一匹の犬が通りをのぼっていく。
鼻を空に向けて。

しっぽをぴんと立てて。
犬は葬列の
先頭につくために走る。

ぼくは子どものころの荷担ぎ人夫たちを思い出す。
彼らは肩に棺を背負って踊っていた。
夫と一緒になろうとして、
今にも穴に身を投げ出しそうな女たち。
墓のあいだを走るおびえた犬たち、
その一方で、風は自分の三つ編みで遊んでいる少女のように
ヤシの木を揺らしていた。
当時、死はぼくにとって、とても奇妙なものに思えた。

そのあと、思春期になると、
誰かのために半鐘が鳴らずには
一日たりとも過ぎなくなった。
そのたびに母の血は凍ったものだ。
当時人びとは死を旅にたとえていて、

ぼくはどちらかというと、死を夢見ていた。

死はいつ訪れるかもしれなかった。
うなじに弾丸がひとつ。
真夜中に赤い輝き。
死はあまりにすばやく訪れるので
それが来るのを眺める時間はけっしてなかった。
この速度が死の存在を疑わせた。

町での生活（その前後）

静かな界隈。
慎ましい生活。
ひとりの物売り女が
壁のそばに身を落ち着ける。
もうひとり。
さらにひとり。
そして次の週には
新しい市場ができる。
そして近辺では生活が変わった。

白いプラスチックの水筒をもった
汗だくの男がひとり。
彼は低い石塀の陰に隠れて

顔、首、上半身、脇の下を
はげしく洗う。
それからふたたび市場の中に入り込む。

二日間食べていなくて、息子はガーゼもない総合病院に横たわっているとき、どうして他人のことなど考えられるだろう？　しかし、それこそはこの女がぼくにしてくれたことだ。彼女はコップ一杯の冷たい水をもってきてくれた。彼女はどこからこれほどの自己犠牲を汲み出しているのだろう？

黄ばんだ写真の中にいるのはたしかにぼくだ。
あの恐ろしい七〇年代〔ジャン＝クロード・デュヴァリエによる独裁政権時代〕の
ポルトープランスの痩せた青年。
ハイチで二十歳のときに痩せていなかったら、
それは権力の側にいるということだ。
栄養が悪いせいだけではなく、
むしろ、つねに不安にさらされているせいで
胃にくるのだ。

ぼくはうなじに強く照りつけていた太陽を思い出す。埃っぽくて、木が生えていない道。みんなや

せこけて、同じような顔をしていた（気がふれたような目と、乾いた唇）。ぼくらの世代はそうやって識別できた。ぼくらは午後、アナーキストの詩人カルル・ブルアール〔一九〇二―一九六五〕のぶよぶよした尻を見ながら、サンタレクサンドル広場に近い小さな食堂に集まったものだ。この裕福なブルジョワの息子は、下町の人びとの不幸を分かち合うために、石炭市場の真ん中で黒い泥の中を転げ回ることをみずから選んだのだ。腐敗した権力のまわりにも、社交界詩人しかいなかったわけではない。

ぼくらはこのような生活の不条理について
うんざりするほど議論したものだ。
政治的状況への
あまりにあからさまな言及は避けながら。
というのも、下町には
警視庁に金で雇われたスパイがうようよしていたから。

いつだって最初に道を通る
政治学や化学専攻の
学生たちが通う
売春宿をうろつく
サングラスをかけたあの冷酷な人たち。

ぼくはモントリオールで、もう三十年も肉食をしている。
ポルトープランスではみんなが肉絶ちを
続けているというのに。
ぼくの新陳代謝は変化してしまった。
一日たりとも
腹一杯食べた
記憶がない
今どきの青少年が何を考えているか、
もう分からない。

ぼくのホテルは
市場の真ん中にある。
午前三時から
物売りの女たちが到着する。
野菜を満載したトラックから荷を下ろす
それから夜の十一時まで
喧噪が居座る。

停電だ。
字が読めない。
眠れもしない。
窓越しに星を観察していると、
子どものころが思い出される
プチ＝ゴアーヴの家のヴェランダで
祖母と遅くまで団欒していたころのことだ。

ぼくのあわれな身体は
ホテルのベッドに横たわっている。
精神のほうは
時の回廊をさまよっていると知りつつも。

ぼくはようやく眠りにつく。
眠りはとても浅く、
どんなに小さな音も聞こえる。
パーティー帰りの旅行客が

立てるような音も。
この国にはほんのわずかの旅行客しかいないので
お金を払ってでも留まってもらいたいくらいだ。

喉を掻き切られた雌猫のするどい鳴き声。
夜の酔っぱらいたちが
その焼き肉に夢中になる。
ミッツィーを探し回る
取り乱した声を気にもかけずに。

頭痛がする。
眠れずに
外に出て
ヴェランダに座る。

何かが向こうで動いている。
少女が
山を登っているところだ

頭に水桶を載せて。
ここでは人びとは不当性と新鮮な水を糧に生きている。

空回り

毎朝ホテルの中庭を
掃いている若者が
妹からの伝言とともにぼくにコーヒーをもってくる。
彼女はぼくを起こしたくなかったのだが、
母の具合があまりよくないという。
自室にこもって
誰にもドアを開けてくれないのだ。

みんなはむしろ楽しそうだった。妹は踊りながらぼくにキスをする。どうしたっていうんだ？　別に何も。で、おふくろは？　あれは今朝のこと、今は元気よ。そんなこともあるでしょ？　ぼくはモントリオールで、いきなり深い淵に落ちて何時間も経ってから水面に上がってきたことがあった。モントリオールでは、五日前からマイナス三十度なら、敵は外にいる。ここでは敵は自分の内部にいる。そして抑制すべき唯一の情は、自分のそれだ。

母が歌っているのが聞こえる。母が若かったころ流行った歌だ。ラジオ・カリブが「懐メロ」番組でよく流している。母はひどく落ち込んだあと、よくこんな風になる、と妹がぼくに耳打ちする。

マリー、あまりに素朴で、
自分の母親を近所の友だちと
共有しているような
気がする、この名前。

そんなことを考えながら、ぼくには
母が幼かったころのエピソードが何もない。
母は自分のことを話すようなタイプの人ではない。
そしてレーモンドおばさんの話は
いつも自分自身のことばかりだった。
ぼくは彼女の背後に
母を見ようとしたが無理だった。

母は歴史の大河で

湯浴みをすることがない。
しかし個人的な出来事のすべては
彼女を突き抜けるいくつもの川のようなものだ。
母は、ぼくが到着して以来
道端ですれちがうあらゆる人たちの苦しみの結晶を、
自分の身体の奥深くにもちつづけている。

苦悩。
沈黙。
不在。
これらは伝承とは
無関係だ。
でも、こういうことについては
国際メディアは
けっして語らない。

室内における戦闘状態のゲットー

甥の狭い部屋の中で。

トゥパック・シャクール〔一九七一―一九九六、アメリカのラッパー〕のポスターの横の
小さな本棚に並ぶ本。

そこにぼくの小説の一冊を見つける。

そして彼の父親の詩集の一冊も。

ぼくの目はもっとも些細なものまでも探す。
時間をさかのぼり、
あの慌ただしい出発の前の自分自身だった
若者をふたたび見出すために。

ぼくたちは乱れたベッドに座って、
ダウンタウンで対立している

粗暴なギャングたちについてのドキュメンタリーを見ている。
ピストルが打ち鳴らされる。
ときどき母が来て
いぶかしげな視線を投げる。
甥はまだ、死が美的なものである
年頃なのだ。

デンマークのテレビ班が
この悲惨な地区で何か月も前から
熾烈を極めている激しい抗争を詳しく追跡している。
壁の落書きは、飢えた腹と、
貧民街の
大人の体重より重い
銃をくわえた歯の抜けた口を示している。

ひとりの若いフランス人女性が
この緊迫したスラム街に潜入する。
太陽の下のコブラと同じくらい

神経過敏なふたりの兄弟のクローズアップ。
どちらもそれぞれの陣営のリーダーだ。

若い女性はふたりの兄弟のあいだを
行ったり来たりする。
一方は彼女を愛している。
彼女はもう一方のことを愛している。
シテ・ソレイユ〔ポルトープランスの貧民街〕でのギリシア悲劇。

ビリーはトゥパック・シャクールを名乗った弟のことが
頭から離れない。
第四世界のうちで
もっとも貧しい地域にまで浸透している
アメリカ文化の魅力。

ぼくはふたりの兄弟が
シテの中をぶらついているのを見る。
すらりとした体つきの殺し屋たち。

痩せこけた顔。
あり余るほどのコカイン。
いたるところに武器。
死はけっして遠くない。

甥はこうしたことすべてを
どう考えているのだろう。
これは彼の文化なのだ。
新しい世代。
ぼくのは七〇年代だった。
誰もが自分の時代に閉じ込められているのだ。

しばらく前から
この国では真昼に人を殺す。
夜はもう、高みから自分の星を引き寄せようと夢見る
殺し屋の味方にはなってくれない。
こんにちそのような頂点に辿り着こうとしたら、
堂々と殺して

テレビのニュースに犯行声明を出さなければならない。

ぼくの時代のトントン・マクート〔ハイチで秘密警察を母体とした準軍組織。正式名は国家治安義勇隊〕は
サングラスをかけて身を潜めているはずだった。
大量の殺し屋たち。
パパ・ドック〔独裁者フランソワ・デュヴァリエ〕だけがスターだった。

ヘクトール〔ギリシア神話の英雄〕によく似た若いリーダーのトゥパックが
外国女の心をつかんだ。
地べたに敷かれたイグサのむしろの上での
野獣のようなセックスは
今晩、シテの砦の下のすべての戦士たちを
狂喜させるにちがいない。

トゥパックは今、政治的演説をしている。
車でシテ・ソレイユを走り回る。
本物のリーダー気取りだ。
大声でしゃべり、すばやく発砲する。

突然正気になり、
自分が何者かさとる。落ちこぼれだ。

テレビカメラを前にして。
薄暗がりに座って。
トゥパックは言う。「もしここで止めれば、俺は死ぬ。
続けても、死ぬ。」
ぼくは甥がまるで同じようなジレンマに直面したように
震えるのを感じる。

これは殺し屋がみんな
若死にしたがる町だ。
トゥパックはシテ・ソレイユの埃の中で
栄光に包まれながら倒れる。
兄のビリーも同様だ。
ふたりとも、とたんに闇から現れた
か弱そうな若者に殺されてしまう。

娘はテレビ班とともに帰っていく。
フィルムの中には血とセックスと涙がおさめられている。
観客が望むすべてのものだ。
クレジットタイトル。

作家の卵

ぼくの甥は有名な作家になりたがっている。
ロック・スター文化の影響だ。
彼の父は死の危険に瀕している詩人だ。
彼のおじは亡命生活を送っている小説家だ。
死か亡命か選ばなければならない。
彼の祖父にとっては、亡命生活の末の死だった。

名声について考える暇があるのは
始める前だ。
最初の文を書くやいなや、
まず初めに自我をねらう
正体不明の
射手と直面することになるから。

もっと後になって。
暖炉のそばで。
肘掛け椅子にくつろいで。
栄光が訪れるだろう。
遅すぎる。
そのときの理想は
苦痛のない丸一日をもつことだ。

もっともばかばかしいのは、
ある時代を
別の時代と比較することだろう。
ある人の時間を
別の人の時間と比較すること。
個々人の時間は
けっして交わることのない
平行線だ。

小さな部屋で、甥とぼくは
互いを見るともなしに見ている。
おのおのが
相手の存在を手なずけようとしている。
小さな本棚にぼくは認める、
自分のものだったカーター・ブラウン〔一九二三—一九八五、イギリス系オーストラリア人の犯罪小説家〕が何冊か並んでいるのを。

小説を書くためには、——と、ぼくは口の端に笑みを浮かべながら
甥に説明する——
とくに尻がしっかりしていないとならない。
お針子と同じように
長時間座っていなければならない
職業だから。

それに料理人の才能も要求される。
湯が沸騰している大きな釜に
何種類かの野菜と
血のしたたる肉を一切れ入れる。

その後、火を弱める前に
塩とスパイスを加える。
すべての味は最後には融けあってひとつになる。
読者は食卓につくことができる。

まるで女の職業みたいだね、
と甥は不安げに力をこめていう。
たしかに、女にも、植物にも、石にも
変身できなくてはならない。
三つの界が要求されているんだ。

こめかみがぴくぴくしているのを見て、彼が猛烈に思索中であることを感じる。でも、おじさんはいちばん大事なことを説明してくれてないよ。というと？　物語だけじゃなくて、それをどう語るか、ってことさ。だから？　どうすればいいのか、教えてよ。個人的なことは書けないのかい？　もちろん書けるよ。どうすれば独創的になるかなんて、君に説明してはやれないな。役に立つこつがあるはずじゃない？　そういうものはいつだって自分で見つけるほうがいいんだ。時間のむだだよ。まさに、この商売には時間が存在しないのさ。孤独な気分だなあ。もうだめみたい。何もしてあげられないって言われちゃ、作家のおじさんがいたってなんの役にも立たないよ。それを知っただけでもいいさ。若い作家たちの中には、自分が人脈をもっていないから書けないんだと思っているやつが大勢いる。ぼくは書けないかもしれない。少なくとも十年くらいかけなくちゃ、それは分からないな。えっ？書けないってことを知るのに十年もかかるの？　信じてくれていいよ。これはかなり慎重に見積もった数字だからね。じゃ、経験っていったいなんの役に立つの？　これ以上は何も言ってやれないよ、ダニー。

ぼくの妹の息子はダニーという名だ。

兄さんが戻って来るなんて知らなかったから、と妹はぼくに言った。

亡命する者は自分の居場所を失うのだ。

甥はジュースのグラスを取りにいって、根気よく質問し直す。最後にもうひとつだけ聞いてもいい？　手で書くのとパソコンとではどっちがいいのかな？　いつだって、読むほうがいいよ。分かった。おじさんからは何も引き出せそうにないね。彼は小さな本棚からカーター・ブラウンを一冊とって、トイレに立ち去った。

小さなヴェランダで。

ぼくは座っている。

彼は立っている。

礼儀上の適度の隔たりだ。
おじさんは自分の時代のことを話してくれたことがないね。
ぼくには時代がないのさ。
誰にだって時間はあるよ。
君の前にいる。それがぼくの時代だ。
真昼の暑さに
耐えられない一羽の鳥の鳴き声。

おばがぼくを脇に呼び、
家具に白い布が掛かった
暗い部屋に連れていく。
彼女はそこで際限のない家族の話を
うんざりするほどぼくに聞かせるが、
ぼくはその主人公を知らないし、
そこで何が重要だったのかも、あまりに混乱していて
彼女自身もう分からなくなっている。
なげやりな作家の
小説を読んでいるような印象だ。

甥は柵のそばにいる
友だちのところに行った。
ぼくは彼らがしゃべっているところを観察する。
互いに
とても仲がよさそうなしぐさだ。
彼らは同じ苦悩をもっている。
留まるべきか出発すべきか。

おしゃべりな町

柵に背をもたせかけて
ひとりで座っている男のところに、
すぐに見知らぬ男がやってきて
要領をえない
ありとあらゆる話をする。

孤独な人間を狩り出すのは
人口過密なあらゆる町の
集団的情熱だ。

向かいの歩道沿いに
停車している給水車。
母が身体を横に傾かせながら

通りを横切り、
瓶入りの水を買いにいくのを
ぼくは見る。
道を渡るのが
こんなに強い意志を必要とするなんて、知りもしなかった。

家によく来る
近所の九歳の男の子のクリスチャンが
ぼくのそばに来て座る。
ぼくたちは口も利かずに一時間近くそこにいた。
葉を通りぬける快いそよ風。
ぼくはまもなくうとうとする。
少年はあまりにそっと立ち去ったので
ぼくは彼の夢を見ていたのかと思った。

甥は自分の最初の小説を
焼いてしまった、とぼくに教える。
よい作家というのはみんな

最初は無慈悲な批評家だ。
彼はこれから自分の仕事にたいして
少しばかり哀れみの念をもつことを学ばなければならない。

ふたたび甥とぼくは、彼の小さなきしむベッドにすわっている。ぼくは推理小説を読むんだ。一日中大学で過ごしたあとだとリラックスできるから。勉強はたくさんあるのかい？　まさにそのことだけど、何もしていないんだ。で、君は何に関心をもっているのかい？　みんなアメリカのビザを受け取るのを待っていて、取得するとすぐ、試験の最中だって、逃げ出しちまうんだ。

ぼくのそばで、一枚の葉が
落ちる。
音もなく。
なんという優雅さだろう！

鈍い音。
太ったトカゲが
ぼくの椅子のそばに落ちた音だ。
一瞬互いを見る。

トカゲは結局、怖がっているハエのほうに
より興味を感じる。

ぼくはラジオを聞く。
真実を完全に消しはせずに隠す
ヴェールのようにやわらかい言葉。
人びとが共有できるものが
言葉だけであるような国では、
いつだって語るべきことがある。

音楽が乱暴に止まる。
何も音が聞こえない。
空白。
停電か？
地区一帯で長い沈黙。
それから隣人の若い女性の苦痛に満ちた叫び声。

これほどおしゃべりな町で

こんなに深い静寂に耳を傾けるには
とても多くの人たちが
同時に沈黙しなければならなかったはずだ。

ラジオは
聴衆からたいそう親しまれていた
若いミュージシャンの死を告げている。
ぼくの甥は彼のことをよく知っている。
一時期
ふたりとも
ある娘に思いを寄せていたから。

甥は大急ぎで服を着替える。ぼくの母の心配そうな眼差し。ぽんこつのシボレーが向かいの歩道に止まる。中にはすでに五人。後ろに女の子がふたり。甥は彼女たちのあいだにすべりこむ。彼の顔つきが即座に変わる。車は発進する。ラジオでは、死んだばかりのこの若いミュージシャンが歌っているのが聞こえる。妹は無言で前方を見つめている。ぼくが土曜の夜、こんなふうにぶらりと出かけていた頃、母がどんな顔をしていたか、今になって気がつく。サンタレクサンドル広場の近くで、日曜の朝、母が教会に行き、ぼくがお祭り騒ぎから帰ってくるとき、よくすれちがったものだ。

母の歌

ぼくらはヴェランダにいる。
夾竹桃のそばに。
母は小さな声でぼくにイエスのことを話す。
五十年前から亡命している
夫の代わりになった人のことだ。
遠くには安物を売る女商人の声。

どの家庭にも、家族の肖像に不在の者がいる。パパ・ドックが中流階級にも亡命を持ち込んだのだ。以前は、このような運命は、クーデタに遭遇した大統領や、活動家でもあるめずらしい知識人だけのものだった。

ぼくは父の死を
母に伝えるために

細心の注意を払った。
母は最初聞こえないふりをしていた。
それから伝達者にたいして怒った。
長期の不在と死とでは
ほんのわずかな違いしかないので、
ぼくはこの知らせが母の神経に与える影響に
十分用心していなかった。

母はぼくのことを見るのを避ける。
ぼくは母のとても華奢なすらりとした手を観察する。
指の上で、
結婚指輪をはめたり、はずしたりしている。
歌を口ずさんでいるが、
声があまりに小さいので、歌詞を理解するのに苦労する。

母の眼差しは夾竹桃の植え込みの中に紛れ込む。
その植え込みは、ぼくがまだ生まれていなかったころのことを
母に思い起こさせる。

前の時代だ。
のんきな若い娘にすぎなかったころのことを
思い浮かべているのだろうか。
母のひそかな笑みは、涙以上にぼくに突きささる。

隣りの部屋で
母が歌っているのが聞こえる。
父の死の知らせが
ようやく母の意識にたどりついたのだ。
苦痛の行列、
空しい日々が
最初の眼差しの輝きと交互に訪れる。
すべては回復するものだ。

ようやくぼくがいくつかの断片をとらえた
この母の歌は、
波の荒い海に
慌てふためいた水夫たちと、

あらゆる希望が失われてしまったように見える瞬間に起こった
奇跡について語っている。

母はぼくが何年か前に送ってあげた小さなラジオで放送を聞く習慣がある。いつも同じお祈りの放送局に合わされている。母が聞くのは説教と宗教的な歌だけだ。例外はこの「昔の歌」という音楽番組で、歌手たちがあまりに甲高い調子に達するので、椅子の下で寝ている老犬がうめくほどだ。

ぼくはホテルと
夾竹桃のかげに隠れた家のあいだを往復する。
母はぼくが家に
泊まらないのに驚く。
それは、もうずっと前から
母のそばを離れて暮らしているので、
また一緒に暮らすという幻想を
与えたくないからだ。

ぼくは書いたものの中では
たえず母のもとに戻っている。

たとえ離れていても、
母の額をよぎるほんの些細な不安さえ
解釈しながら自分の人生を過ごしている。

自分の悲しみを踊る

ぼくはこの女の人のことを思いながら服を着る。
彼女は他人のことを気遣いながら人生を送ってきた。
それは隠れる方法でもある。
しかし今度だけはむき出しになってしまった。
あらわになった苦しみの中にいる母。

ぼくを母のところに連れていってくれる友人の車の中で、ぼくは家で音楽を聴いたことがなかったのを思い出す。ラジオはニュースのためのものだった。そして、聞こえてくるものは大統領を褒め称える、同じような演説ばかりだった。それはあまりに行き過ぎていたので、大統領自身さえこれほどのへつらいに苦笑いしているのではないかと思われるほどだった。彼はもっとも偉大な人たち、一度などはイエスにまでなぞらえられた。そのとき突然、母の乾いた笑い声。ぼくらが体制を支持していないのではないかと隣人たちから疑われないように、聞いているふりをしなければならなかった。だから音量をあげたものだ。隣人たちも同様だった。集団的パラノイアの雰囲気。暗黒時代だった。クラシック音楽が聞こえるたびに背筋が寒くなったものだ。すぐ後には、失敗に終わったクーデタの報告があったが、それはいつだって虐殺の口実だった。ぼくはついにはクラシック音楽を非業の死と結びつけるようになった。

毎朝、ラジオで、よく響く大きな声が
ぼくらに国旗への誓いを思い出させるのだった。
デュヴァリエ自身の鼻にかかった声がそれに続くが、
彼は「我は唯一にして不可分の国旗である」といっていた。
以来、ぼくは政治的演説にはアレルギーがある。

ぼくは母が
小さな客間の薄暗がりで
椅子をもって踊っているのを見る。
午後
五時頃、自分の悲しみを踊るのだ。
まるでフランコ〔一八九二—一九七五、スペインの軍人、政治家、独裁者〕の赤い夜を喚起する
ロルカの詩のようだ。

母は数字が好きだった。毎朝、帳面に一日の出費の計画を立てていた。母は父がいなくなった直後に失業し、いつもお金に困っていたので、小銭を何度も何度も数えて、途方もない時間を費やした。終わりのない計算。ぼくは現在、言葉で同じことをしている。ただ、母にとって銀行は、ぼくの手にとっての辞書よりも遠かったけれど。

隣りのうちの男の子が軽くうなずいてぼくに知らせる。
母が水夫たちの歌を口ずさみながら
また眠ってしまったと。
海で水死した水夫たちに、ようやく天使があらわれたのだ。
ぼくはこれ幸いと、妹としゃべるために
奥の部屋に行く。そこは料理をしているので
まるでボイラーのような暑さだ。

妹は母以上に控えめだ。
彼女がいつも微笑んでいるのを見ると、
二十年間島を離れたことのない熱帯低気圧（サイクロン）にも似た
独裁で荒廃した国に生活しているとは、
想像もできない。

妹は職場での日常生活についてぼくに話す。彼女は気取っていると思われている。給料をもらうとすぐ小説を一冊買うことにしていて、オフィスに行くのに香水をつけるからだ。彼女がみんなのことを大事にすればするほど、彼らは彼女に腹を立てる。まるで、彼らが途中で失ってしまった大切なもの、すなわち自尊心を彼らに思い起こさせるかのように。

妹はぼくのほうを見ずに
ゆっくりと話す。
まるで暗い森で
両親に置き去りにされた少女が、
一味につかまるまで
あとどのくらい時間があるかしら、と考えているかのようだ。

帰宅すると、妹は母が静かに、もの悲しげにヴェランダに座っているのを見つける。あんなに陽気だった母が。たしかにぼくは日常の出費をまかなっているけれど、日常生活を正面から見ているのは妹のほうだ。母の健康状態が悪化するのを見ているのは、妹だ。母が沈潜していくのにつきあっているのは、彼女だ。「いつかわたし自身が疲れ切ってしまって、母さんを井戸の底まで探しにいけなくなってしまわないかと、不安だわ。」妹は今度はぼくのほうを見る。するとぼくは、妹の顔にぼくの不在の年月が刻まれているのを見て取る。ぼくたちはしばらく無言でそこにいる。それからゆっくりと微笑が花開きはじめる。暗雲は過ぎ去った。

妹とともに客間の暗がりに座り、ぼくは母が夕方の仕事に精を出すのを見る。母は台所を丹念に調べてからランプに火をともし、テーブルの真ん中に置く。それから青いプラスチック製の小さなボールに食事の残りを集める。それからようやく座り、食べる。これが母の儀式だ。

新しい食器を送ってあげたのに、どうしておふくろはあのプラスチック製のボールで食べるんだろう。妹は長椅子の下から包装されたままの銀食器の大きな箱を引っ張りだす。好きじゃないのかな？逆よ、母さんの宝物なのよ。月に一度出してきて、磨いているわ。ランプの光の陰で、穏やかそうな顔をしているわね。あいかわらずきれいよ。お祝い事がある日の顔だわ。兄さんがいなくなると、とたんに辛い日々の顔に戻るわ、と妹はぼくに言う。

ぼくは自責の念に駆られる。
取り返しのつかないことをしてしまったという感覚。
母、そして妹。
この家では女たちが代価を全部払っているのだ。

ぼくはヴェランダにいる甥のところに行った。彼は母の小さなトランジスタラジオでニュースを聞いていた。ぼくは彼のそばに座る。君はたまに夢を見ることがあるかい？　うん、でも覚えていない。ぼくは子どものころ毎晩夢を見て、朝になると、ばあちゃんにその話をしたもんだ。どうして？　当時は、みんな自分の夢について語ったものなんだ。とにかく、ぼくはしょっちゅう同じ夢を見ていた。というか、二種類の夢を見ていたんだ。一方の夢では、翼をもっていた。町の上を飛んで、好きな女の子たちの寝顔を見るために窓から家の中に侵入したんだ。甥は笑う。で、もう一方は？　悪魔の夢だった。いつも似たような夢だったよ。突然おそろしい騒音が聞こえる。悪魔たちがやってくる。すると、悪魔が到着する前に急いで家に帰るのさ。君はあの家を知らないだろう、とぼくは甥にたずねる。母さんがよく話してくれるよ。ドアや窓がたくさんある大きな家だった。もう百年も前のことのようだ……。閉めようとしても、悪魔たちはそこら中にいる。ドアをひとつ閉めると、悪魔は窓からはいってきた。今では、悪魔たちの代わりに、本物の殺し屋が真っ昼間から徘徊している。でも、ぼくは世界中どこにいても、あいかわらず同じ夢を見ている。どこのホテルの部屋でも。これだけはぼくにとって変わらないことだ。いつも同じ儀式だ。白いシーツにくるまって寝床にはいり、少しのあいだ本を読み、それから明かりを消して、悪魔たちがうようよしている世界の中に倒れこむのさ。おじさんはいつもスーツケースに聖水を入れておいたほうがよさそうだね。ぼくが悪夢を見ると、ばあちゃんは聖水を使ったものだ。ぼくはこの夢に執着している。これだけがぼくの以前の生活から残っているものだから。

母と妹が
ヴェランダの
僕らのところにやってきた。
ラジオからは賛美歌が聞こえてくる。
母も歌う。
夕べの帳（とばり）が落ちる。

社会問題

薄暗い夜明けに冷たい顔。
確固たる足取りで自分の車に向かう
カルダンのワイシャツを着たこの若き冷血漢は、
生にも死にも無感覚なように見える。

客の顔によって
規則が変わるこの町で、
たとえ精神的にだけでも生き延びるためには
金持ちは貧乏人と
視線を交わしてはならない。

時間ごとに
グルド〔ハイチの貨幣単位〕のレートが変わる。

お金は同じ人たちの手に
集中していても、だ。
鳥たちがすでに逃げ去ってしまった島で
このような金融不安は何を意味しているのだろう?

男は家から車へ、
車からオフィスへ、
オフィスからレストランへ
そしてレストランから海辺の別荘へと急ぐ。
そこで月極めの若い愛人に会うのだ。
彼が貧乏人のことを何も知らなくても、
貧乏人のほうは彼のどんなに些細な移動も予見する。
金持ちは習慣の動物なのだ。

飢餓による暴動に振り回されつづけている国で、
金持ちであることはなんの役に立つだろう?
一夜にして富を失う
危険はまだ高い。

ガソリン一缶で、地区一帯が火の海となる。
勝負の風向きは即座に変わる。
食うや食わずの貧乏人がマッチを一本もてば
ゲームの進行係になる。

よそで夢のような生活が送れるというのに、なぜ、マラリアをたっぷりもったハマダラカに取り囲まれて、民衆が苦労しているこの糞まじりの泥の中に留まっているのだろう？　金持ちが貧乏人の金を集めなくてはならないのは、ここでだからだ。そして、この国の現在の道徳水準から考えて、金持ちがこのような活動を人に譲るはずはない。庶民は金持ちに盗まれたと思っている金を取り戻すことになんのためらいも感じていない。最近、キリスト教的道徳観が昔から根づいている貧しい地区で熱い議論が行われているのは、次のような手強い問いだ。「盗人から盗むのは窃盗か？」国家はそうだと答える。教会もまたしかり。しかしこの問いが彼らにたいして発せられたものでなかったとしたら、どうか？　半球でもっとも悲惨な地区から集められた金を、一文残らずすっかり雇い主に渡さねばならない、低所得のしがない事務員の両肩にのしかかる重圧は大きい。山腹に建てられたあれらの豪奢な一軒家に住む金持ちたちの典型である高利貸したちによって、貧窮にあえぐ大家族に貸された屋根もドアもないあれらの家々。まさしくユゴーの『レ・ミゼラブル』の世界だ。

北国に着くと、ぼくは毛穴からにじみ出す

南国の重い現実を
捨て去らなくてはならなかった。
ぼくがそれまで体験してきたことから
すべてがあまりにちがっているこの冬の国に
慣れるには三十三年かかった。

これほどの歳月を経て南国に戻ると、
ぼくは、すでに知ってはいるけれど
途中で手放してしまったにちがいないものを
学び直さなければならないという状況にいる。

告白するが、学び直すよりは
学ぶほうがたやすい。
けれども、いちばん難しいのは
学んだことを忘れることだ。

盲目の射手

カリブがぼくの中にはいってきたのは
騒音によってだ。
この喧噪を忘れていた。
わめき立てるこの群衆。
横溢するこのエネルギー。
夜明け前から起き出す
貧乏人と金持ちの町。

同じようなエネルギーは
プリミティヴ絵画の中にも見られる。
そこでは遠近法の消失点が
絵の奥ではなく、
画布を見ている者の

神経叢の中に位置している。

道端のどんな画家が描いたものでも、
市場の情景を見ると
われわれが市場に
入り込むという印象ではなく、
市場のほうが、匂いと味で攪乱しながら
われわれのほうに入り込んでくるという感覚をもつ。
だからこれらの初歩的な色の数々を前にして
尻込みするのだ。

よそでより早死にだとしても、
ここでは人生はより濃密だ。
誰もが消費すべき同じだけの量のエネルギーを
もっているのだ。
ただ、燃やす時間が
短いと
炎はより大きくなる。

ぼくの背後には、町をとりまく
青い山脈。
そしてうっすらとバラ色を帯びた夜明けの空。
メロンをいっぱいに積んだトラックの下で
まだひとりの男がまどろんでいる。

国際的な報道においては、
ハイチはいつでも木を伐採されてしまっているように見える。
しかし木々はいたるところに見える。
子どものころ、ぼくは木が大嫌いだったと言わねばならない。
地球を全部アスファルトで舗装することを夢見るほどに。
子どもはなぜ木が好きでないのか、
人びとはいつも知りたがっていた。
木々がぼくのことを高みから見下ろしているような印象。

山の麓（ふもと）の
ほこりっぽいこの道で、

二台の霊柩車がすれ違う。
それぞれが自分の客を
約束の場所に連れて行く。
最後のタクシーはいつもより高い。

死。真夜中も真昼も活動する
この盲目の射手。
この町にはあまりに人が多いので
一度として
的をはずすことはない。

モントリオールでは
ぼくがポルトープランスにいると信じられ、
ポルトープランスでは
ぼくがまだモントリオールにいると確信されるには、
向こうがどこのことかはっきり示さずに、
ぼくが向こうに戻った、という噂を
流すだけでいい。

死は、それらの町のどちらにも
もう存在しないことだろう。

プリミティヴ絵画の中でくたばること

ぼくは、一軒一軒がとても離れて建てられた贅沢な邸宅を近くから眺めるために、朝早く山に登るのが好きだ。あたりには人っ子ひとり住んでいない。木の葉のあいだを吹きぬける風の音以外に、物音ひとつしない。これほど人口の多い町では、生活するための空間をどれだけ所有しているかで、その人の価値が決まる。これらの広大な敷地には使用人しか住んでいないことに、散歩していてたまま気づいた。家主たちはニューヨーク、ベルリン、パリ、ミラノ、あるいは東京にまで、住んでいるのだ。まるでサンドマング〔ハイチがフランスの植民地だった頃の名称〕の本当のご主人がボルドーやナント、ラ・ロシェルやパリに住んでいた奴隷制時代のように。

彼らは、外国で勉強している子どもたちが戻ってきて家業を継いでくれることを期待して、これらの家を建てた。その子どもたちが闇の中に沈み込んだ国に戻ってこようとしないので、親たちのほうが彼らに近づき、そこかしこに美術館やレストラン、本屋や劇場がある大都市に住み着いている。ポルトープランスのぬかるみからかき集められた金はボキューズ〔フランスを代表する料理人〕のレストランやスカラ座〔ミラノにあるオペラ座〕で使われている。邸宅は結局、この国を貧困と人口過剰から救いだすことを任務とするはずの国際非営利団体の幹部たちに高額で貸し出されている。

人道支援団体から派遣されてきた人たちは、いつだって善意にあふれてポルトープランスに到着する。キリスト教的隣人愛にもとづくプログラムについて滔々（とうとう）と述べながら、人の目をまっすぐ見据える非宗教的な使節だ。彼らは気の毒な人たちの貧困を軽減させるために自分たちがもたらそうとしている変革について、メディアで思う存分述べる。状況を把握するために、スラム街と各省庁をちょっと一回りしてみる。するとあまりにすばやくゲームの規則（大勢の使用人にかしずかれ、自分たちが指揮しているプロジェクトに支給されている予算の一部を彼らの大きなポケットに忍び込ませてしまうという）を理解してしまうので、彼らの血の中にそういうもの――植民者としての遺伝的特性――が流れているのではないかと思えるほどだ。自分たちの鼻先に当初のプロジェクトが突きつけられると、決まって、ハイチは変革には向いていない、といって攻撃をかわす。にもかかわらず、国際メディアではこの国に存在する腐敗を告発しつづける。短期滞在のジャーナリストたちはみな、客観的で正直な人たちから――ハイチ人は信用できないと分かっているので――得られるたしかな情報を入手するためには、彼らのプールのそばに行って一杯やらなければならないことをよく心得ている。これらのジャーナリストたちは、支援者たちが、自分はこの土地で苦しんでいる人びとを助けるためにここに来ているのだと言っていながら、こんな邸宅で暮らしているとはいったいどうしたことか、と問うたりはけっしてしない。

ハイチがその歴史において
三十二回クーデタを経験したとしたら、
それは少なくとも三十二回
事態を変えようと試みたからだ。
人びとはクーデタを起こす
軍人たちのほうに、より関心があるようだ。
軍人たちを打倒する
市民よりも。
寡黙で目に見えない抵抗だ。

この国には均衡がある。
それは無名の人びとが
闇の中で
夜を遅らせるために
精一杯のことをする
結果だ。

停電すると

人びとは性的刺激を受けた肉体のエネルギーで
家々を明るくする。
この国が大量に
所有していて、
人口曲線を上向きにすることもできる
唯一の気化燃料。

ターコイズブルーの海辺に位置し、青い山々にかこまれたこの町に上陸すると、人はこれが悪夢に変わるまでにどのくらい時間がかかるのだろうか、と考える。さしあたり、世界の終わりを待つ者のエネルギーで生きなければならない。これは十年前から国道の補修をしているドイツ人の若い技師がぼくに言ったことだ。

ぼくらはモンタナホテルのバーで一杯やる。さっき地獄のことを話していましたが、それがご自分とは無関係だということに気づいたのはいつですか？　彼は長いことぼくを見つめる。クリスマスと正月を過ごしにきた父がわたしに悟らせてくれたんです。父は退役軍人でして。職業柄、ものごとを正面から見すえて、感じていることをずけずけと言うんです。お父さんはあなたに何とおっしゃったんですか？　危険で困難な生活を送っていると思わせながら、しっかり保護された贅沢なホテルで生活しているなんて、卑劣なやつらばっかりだ、と。それから？　十年たっても、まだわたしはここにいます。でも、少なくとも、もう作り話はしません。死にそうなほど恥ずかしい気持ちにならないために、あえて皮肉っぽくなることだってあります。

外国人ジャーナリストたちが滞在する界隈だ。
ポルトープランスの下界の釜の中で
なにが煮炊きされているのか、
わざわざ足を運ばなくても
知ることができる高台のホテル。
詳細については地元のラジオを聞きさえすればいい。
バーには一か月間の攻囲を持ちこたえるだけの蓄えがある。

しばらく前からぼくはカウンターの端にいるカメラマンを観察している。彼の片腕はカメラの上に軽く置かれている。ぼくは彼がいる隅っこに近づく。見ることを職業としている人が好きだからだ。でも、わたしは何も見てなんかいませんよ、と彼は言う。いま撮影しているものしか見ていません。とても狭い通路の中から見ているんです。ここの人たちはすごいですよ。あんなに熱心に何にでも首をつっこむんですから。職業柄たくさんの国を訪れましたが、こんなのを見るのは初めてです。家族が殺された人に、その場面を再現してほしいって頼めば、あなたの目の前で全部やり直してくれます。上手にやろうと心がけながらね。殺人者だって、頼みさえすれば、もう一度殺人者を演じてくれます。ここで働くのは楽しいですよ。どこにいったって金ばかりせびられますが、ここはそんなことありませんからね。いえね、女の物売りたちは被写体になるのに金を要求することもあるって、同僚が言っていましたが、それは彼女たちの反感を買った場合のことです。振る舞い方を知らないカメラマンのほうが悪いんですよ。ことを急ぎすぎるからです。ここではとくに、せかしてはいけません。彼らは自尊心をもっていますから。自分たちに敬意が払われているかどうか、すぐ感じ取ります。ばかにされていると感じたら、そのときは、とても危険なことになります。そうでなければ、とてもいい人たちです。それに、この背景はじつにすばらしい。緑が濃すぎて絵はがきっぽくなることもないし、すべてがちょうどよくて、不平を言うことは何もありません。すみません。あなたのお国なのに、こんなことを言ってしまって。何が起きているか、無関心なわけではないんです。貧困も何もかも見えています。でも職業人として話しているんで。どんな職業だってこんなものです。外科医が手術中に何を話しているかお聞きになれば。わたしは腹を三回開けられたことがあるんですがね。連中がわたしの身体に切り込みを入れているときに、昨日食べたものの話をしているのを聞くと、奇妙なことに、安心できるんですよ。そんなことを話しているのは緊張をほぐすためだって分かっていますから。あの人たちが自分たちの不幸に無関心だと言うつもりはありません。単に演じることが好きなんです。根っからの役者なのです。役者はヴィデオカメラの電源がはいったらどうしますか？　演じます。子どもたち、とくに子どもたちは、生まれつきですな。それにこんな書割の中ですから。ここでは何も本当ではないという印象を受けてしまいます。お偉方が話すのを聞きますし、宮殿で行われる記者会見や大使館でのレセプションも取材します。でも、もしお許しいただけるなら、この国を貧困状態から救出できるたったひとつのものは、映画だと言えます。もしもアメリカ人たちがロサンゼルスを見捨てて、大ヒット作を最大限ここに撮影しに来てくれれば、そしてハイチ政府がそれぞれの撮影についてハイチ人の役者の割当数——いいですか、割当数ですよ——を要求するほどしたたかなら、二十年もかからずに、この国は貧困から抜け出せるんですがね。まっとうに稼いだお金ですよ。だって並外れた役者たちですから。それに書割だって、とてもカラフルで、たいそう生き生きしています。こんな風景の中でくたばっちまえるなんて、考えもおよびませんでしたよ。

空腹

ぼくは夜中に
目が覚めた。
ひどくいらいらして。
パジャマはびっしょりだ。
まるで騒音の海の中を
泳いでいたかのようだ。

ぼくは見た、
薄紙ほどの厚さしかない
壁でやっと守られた
三部屋のちっぽけな家から
一時間もしないうちに少なくとも三十六人の人が出てくるのを。
占領されていない場所は一ミリたりともなく、

静寂は一秒たりともない、のだろう。

貧乏人たちは
極度の喧噪の中に
生を求める。
金持ちは静寂を金で買ったのだ。

騒音は
はっきり特定された地域に集中する。
木々はここではまばらだ。
太陽は、容赦ない。
空腹は、恒常的だ。

人間がひしめいているこの空間で。
まずはお腹の強迫観念。
空いているか、ふくれているか？
セックスがすぐ次に来る。
最後に、睡眠だ。

ある男が、女と一緒にいるより
豆ご飯〔クレオール料理〕を
食べたがるとしたら、
それは好みの次元で
何かが起きているということだ。

この光景は日常的になった。貧乏人を避ける金持ちたちは、町を捨てて、だんだんと人目につかない田舎の一画に住むようになる。まもなく過密地帯にニュースが広まる。すると攻囲が始まる。窪地に小屋がひとつ建つ。ピンク色の邸宅の下に、もうひとつ別の小屋が。そして二年も経たないうちにスラム街ができて、金持ちの新しい界隈を窒息させるのだ。あらゆる戦争は、領土を占領することだけを目的としている。

言葉の空間もまた占領されうる。すでに一時間以上、歯の抜けたこの老婆はぼくにはさっぱりわからない話をしている。だが、それは彼女の身の上話で、彼女の目には、ほかの誰の話とも同じだけの価値があるのだ、とぼくは感じる。

ここでは一日は一生にあたいする。

人は夜明けに生まれ、
真昼に成長し、
夕暮れに死ぬ。
そして明日は、身体を取り替えなければならない。

クラクションはあらゆることに使われる。ときには雄鶏の鳴き声の代わりになることもある。ぼんやりしている歩行者をどやしつける。出発や到着を告げる。喜びや怒りを表現する。往来でたえず独り言を言っているのだ。ポルトープランスでクラクションを禁止したら非難を浴びるだろう。

インターネットカフェに入ると、しばらく前から会っていなかった友人に出会った。ぼくの長年の共犯者である丸顔のガリー・ヴィクトール〔一九五八―、ハイチの作家〕は、ウサギしか描かなかった優しいジャスマン・ジョゼフ〔一九二四―二〇〇五、ハイチの画家〕を思い出させてくれる。ガリー・ヴィクトールは毎回、悪魔や、泥棒、ゾンビ〔ヴォドゥ教で、墓からよみがえった死者〕、からかい好きな妖精、素朴画のような明るい色彩をした異様な一団などがたくさん登場する小説をひねり出す。しかしあまりに妄想に取り憑かれすぎて、しまいには青少年の悪夢と同じくらい陰鬱になってしまうのだ。ぼくは、ハイチの主要な小説のテーマとなりうるものは何か、彼としばらく議論した。まず初めに、ほかの民族にとっての妄想を再検討した。北米人にとっては、空間だと考えた（極西部地方、月の制覇、国道六六号線）。南米人にとっては、時間（『百年の孤独』〔ガルシア＝マルケスの小説〕）。ヨーロッパ人にとっては戦争（一世紀のあいだに二度の世界大戦、それは忘れがたい記憶だ)。ぼくらにとっては、飢えだ。問題は、それを体験したことがないと、語るのが難しいということだ、とヴィクトールはぼくに言った。それに、間近から見たことのある者はかならずしも作家ではない。ちょっと前から食べていないからといって、飢えているとは言わない。けっして腹いっぱい食べたことがないか、やっと生き延びるだけしか食べられず、つねにそのことに取り憑かれている人について語るものだ。

それにしても、常に主題を探している芸術家たちの興味を引きそうなこの飢餓がテーマとして不在なのは驚くべきことだ。小説も、演劇作品も、オペラもバレエも、ほんのわずかしか飢餓を中心的なテーマとはしていない。にもかかわらず、こんにち世界には十億の飢えた人がいるのだ。あまりにも辛い主題なのだろうか？　戦争、伝染病、死についてはあらゆるかたちで活用しているではないか。あまりに露骨な主題なのだろうか？　セックスは地球上のあらゆるスクリーンに大写しにされているではないか。ならば、なぜ？　購買力のない人たちしか関わらないからだ。飢えた人は本を読まない、美術館に行かない、踊らない。くたばるのを待っているのだ。

食物は麻薬の中でもっとも怖いものだ。人は常にそこに戻ってくる。ある人たちは、少なくとも日に三回、しかし時おり一回という人たちもいる。ガリー・ヴィクトールはひどい飢えを経験したことがない、と言った。ぼくもそうだ。だからぼくたちは、飢えしか主題にならないハイチの主要な小説の著者には絶対になれまいと感じた。ルーマン〔ジャック・ルーマン、一九〇七―一九四四、ハイチの国民的作家、政治家〕は乾燥を『露を制する人びと』の主題にしながら、飢えについても触れた。乾燥は喉の渇きだ。渇いている大地。ぼくは空腹を抱えている人間について話している。もちろん大地は人間を養っている。ぼくは亡命のようにたぶん同じくらい面白い主題をいろいろと挙げながら、ヴィクトールをなぐさめようとした。しかし空腹を抱えている人間と比べたら、重みがない。彼は目にある種の悲しみをたたえてぼくと別れた。

けれどもそれは小説の主題であるだけではない。
自分自身の空腹なら
動ぜずにいることもできるが、
お腹を空かせて
手を差し出すのが子どもだったら、どうするか？
それは今朝、市場の近くで起こったことだ。
その子に小銭をいくらかやる。
三時間も経たないうちに、また同じ問題が
起きるだろうということは知りつつも。

ホテルの壁に沿ってできた
日陰に座っているこの男。
ハンカチの上に

紫色の大きなアヴォカドを置く。その横には長いパンがある。
彼は静かに折りたたみ式ナイフを取り出す。
それは今日の彼の最初の食事だ。
食べることが生活の究極的な目的でない
すべての人には
このような喜びは分からない。

九十八歳でホテル・イフェを経営し、
水から顔を出しておくために
いまだに毎日全力を傾けて
笑顔を絶やさない、
あの潑剌として朗らかな老婆は
詩人の友人の母親だ。

この国では詩人の母親は、
息子の詩句の中で
バラが花咲くように
最後の日まで働かねばならない。

息子のほうは仕事よりも
監獄に行くほうを望むのだが。

ぼくたちは昔なじみの界隈の小さな食堂で縮こまっている。ご飯とアヴォカドと鶏肉の簡単な食事。ぼくはこういう定食屋が好きだ。店に入って、座り、食べ物をもってきてくれるまでおしゃべりをする。しばらく前からぼくはうつむいて食べていた。そのとき、ガラスの向こう側でぼくのことを見ている物乞いを見かけた。その澄んだ大きな目は母の目にそっくりだった。

甥のヴァージョン

今晩、話をするのはぼくの甥だ。
壁に背をもたせて。
穏やかでありながら断固として。
みんなが彼の言うべきことに耳を傾ける。
彼は今の生活について語る。

彼はものごとをどう見ているのか？
何を感じているのか？
みんな知りたがっている。
彼はそのことを承知していて、誇張する。
ぼくはかつて彼と同じ立場にいた。

ドアのそばに立って、

母は微笑んでいる。
母はぼくの父も入れれば三世代の男たちが
それぞれに同じ事柄を別のヴァージョンで
披露するのを聞いたのだ。

ぼくの祖母のダー。母マリー。妹のケティー。これらの女たちは〈歴史〉ではなく、果てしない帯である日常生活に関わっている。毎日、子どもたちに三食食べさせ、家賃を払い、靴を買い替え、薬を買い、金曜の午後のサッカーや、土曜の晩の映画のため、そして日曜の朝の慈善バザーのためにお金を用意しなければならないとき、後ろを振り向いている暇はない。独裁政治のもとで参っているからといって、しみったれた生活をしなければならないわけではない。

あたうかぎりもっとも反体制的なこと、
——ぼくはそれを言うために生きているのだけれど——
それは独裁者の鼻先で、
幸福になるためにあらゆることをすることだ。
独裁者は自分がぼくらの人生の中心に存在することを要求するが、
ぼくが自分の生涯でおこなった最善のことは、

自分の生活から彼を追い出したことだ。
そのためには、とても大事なものを
手放さなければならなかったこともあると打ち明ける。

ぼくはだから出て行き、戻ってきた。ものごとは何ひとつ変わっていない。今晩、母に会いにいくために、市場を横切った。明かりの灯った紙提灯は、夢の中を進んでいるような印象をぼくに与えた。ピンク色のジャージーでできた短いワンピースを着た女の子が、その日の売り上げを計算している母親の腕の中で眠っていた。ほかのすべてを受け入れさせてくれるこの優しさに、ぼくはもううんざりしていて、甥もまもなくそうなるだろう。

窪地の両側に建てられた質素な家々に住む
この界隈の人びとは、
それでは
とても生きられないような
給料しか稼いでいない。
「生きる」とは
単純に、食べることだと了解しなければならない。

生きていることを示すそのほかの行為、
日曜の午後に
映画を見に行ったり、
アイスクリームを味わったりすることは、
あまりに縁遠いことになってしまって、
もう彼らには関わりがない。
そうしたことを思い出すのは、いくらかの郷愁とともにだ。

ディオールの香水を染みこませた数人の人たちが、
小便でぬれたひしめく群衆と
日常的に混じり合うとき。
それは匂いの戦争だ。

他人の喉元に飛びかかっても
解決にならないことは知っている。
少なくともいくつかの社交の場では
そう言われている。
しかしこんな緊張は

いつまでも続けられるものではない。

ぼくの甥はそうは言わなかったが、
ぼくには聞こえる。彼の頭の中で
はっきり分かる本質的な物音がしているのを。
彼はとくにぼくの母を心配させたくないのだ。
夫と一人息子がすでに
同じ理由で亡命しなければならなかったから。
解決のない問題を提起するのは
第三世代の番だ。

ぼくが印象を書き留めている
ノートの上に、
木から一枚の葉が落ちる。
ぼくはそれをとっておく。
黄色い長いくちばしをした
あの黒い鳥から
目を離すことができない。

ぼくはもう、以前と同じようには物事を見ていない、と甥はぼくに言う。以前はどんなふうに見ていたんだい？ と、なんのことかは知ろうとせずに、ぼくは彼にたずねる。ぼくの生活の中で生起する事柄として、だよ。じゃあ、今は？ ぼくの回りで生起する事柄としてだ。それで？ 現実と自分のあいだの距離がだんだん広がってきているような気がする。それがおそらく、君がものを書くための空間だろうね。

死者たちはぼくらのあいだにいる

甥はぼくをホテルまで車で送ってくれた。ぼくたちは彼の友人のチコの車に乗っている。床がないので膝を折り曲げていなければならない。アスファルトが次々とあらわれ、緑色の水たまりが見える。まるで逆さまにしたオープンカーだ。彼の兄がマイアミに出発したときに、このぽんこつ車を置いていってくれたのだ。四人で使っている。借りるにはガソリンを入れるだけでいい。故障したときは、修理に出すために金を出し合う。チコは来週出発するので、仲間に車を残していくだろう。彼らは順番に使うが、土曜の夜は同じディスコに行かなくてはならない。女友だちも入れると八人になる。窮屈だ。女の子たちは土曜の夜のガソリン代を払いたがる。

ぼくは振り返り、
母が赤い大きな柵のそばに立っているのを見る。
ぼくが出発するのを知って、
飛び起きて、大急ぎで服を着たにちがいない。
ぼくがよく知っているこの鋭敏な顔つき。

まるで恒常的な危険を察知するかのようだ。

車が角を曲がるときの
母の最後の姿。
ぼくは見る。母が最後の話し相手である
隣りの家の男の子の手を握るのを。

広場のそばで降ろしてもらう。
ペチヨンヴィル〔ポルトープランス郊外の高級住宅街〕に
夕闇が腰を下ろすのを見たいのだ。
夜の町をぶらつかない者は
その町を知ったことにはならない。

市役所の正面に座って
ワーグナーの四部作を聞く。
市長が毎晩演奏させるのだ。

ひとりの男がぼくのかなり近くに座る。

彼は目を半分閉じて
両足のあいだに手を置いてぼくに話しかける。
彼の会話にはときどき
共感による長い沈黙が差し挟まれる。
ぼくたちが知り合いでないことに彼が気づくのは
三十分も経ってからだ。
彼は帽子をかぶり直して
薄暗がりの中に立ち去る。

母は今日の午後、
自分の話に耳を傾けてくれる人がいることを
知っている人の口調でぼくに言った。
死者たちはぼくらのあいだをうろついているものだと。
彼らが何をしに来たかは分からなくても
現れたり消えたりする様子で
彼らだと分かるのだと。

忘れられていた物と人

労働者の時間はあまりに規則正しいので、その日の気温に無感覚になっている。暴動を起こした絹織物職人たちが、なぜ最初に大聖堂の大時計に向けて発砲したのか分かる。彼らは父祖伝来の敵を認識したのだ。一秒一秒が血の滴なのだ。

ぼくはものごとがはっきり識別できない。
そして喧騒と喧騒のあいだに
訪れるこの眠気は
まるでボクサーのアッパーカットのようだ。
眠りはしない。
完全にノックアウトされてしまった。

少し前から目覚めているが、自分がよれよれになってしまった感じがする。ぼくの身体は、自分の意志に関わらないところで適応のプロセスにしたがっている。ぼくはもう何も制御していない。かの地で郷愁の念にかられないように自分の心から追い払ってしまっていたあらゆるものが、ここでは眼の前に具体的に存在している。それらは、ぼくの身体の内部に避難し、寒さが凍らせていたものだ。ぼくの身体は少しずつ温まってくる。そしてぼくの記憶も溶けだして、ベッドの中で小さな水たまりになる。

もう呼吸ができない。それらの思い出は、色や匂いや味わいをともなって立体的にやってくる。寒さがそれらの新鮮さを保っていたのだ。あたかも、ぼくがこの果物やあの赤い自転車を初めて見るかのように。触れるとすべすべした薄皮をもつサポジラの実。夜中にうろつく黄色の目をした犬たち。ある種の鳥の鳴き声かと思うほど甲高い叫び声をあげながら、縄跳びをしている少女たち。いつもパラマウント映画館のそばの木造の大きな家の窓辺にいる老人。山の頂の小さな噴煙。今では、同じくらい濃密な別の物たちがそれらに取って代わっている。だから、おのおのの旅行者は、戻ってきたときにまた見出したい映像や感動のストックをつくっておくことができる。

ぼくはまた、プチ＝ゴアーヴの家の客間にあった
あの絵のことも覚えている。
それは果物の木々におおわれた
小さな無人島の絵だった。
若いネコ科の動物たちがそこで遊んでいた。

十歳のぼくには人生があまりに重く感じられるとき、
よくそこに行って午後を過ごしたものだ。

耐え難い暑さ。
寝室の薄暗がりに
水を満たした白い洗面器。
横には三つのマンゴー。
上半身裸で、それらにかぶりつく。
それから顔を洗う。
真昼のマンゴーの味を忘れていた。

ヴェランダに出てみる。建築中の家の
ど真ん中に植えられた
大きなココヤシの木。
強風がそれを揺らしている。
ぼくはホテルのバルコニーからその光景を観察している。
従軍記者のように、
そこからのほうがよく見えた。

この町は
とても早起きなので、
午後二時には
もう疲れ切っている。
大きな帽子の陰で、
メロン売りの女たちは
昼寝をしている。
ホテルの壁に背をもたせて。

安物の装身具を必死で売る
少女たち、
聞く者の胸が張り裂けるようなその鋭い声、
それに、オフィスからレストランに向かう
ドライバーたちの攻撃的なクラクションも、
ふたつの野菜袋のあいだで眠っている
少女にあの母親がそっと歌ってやる
子守歌をかき消すことはできない。

緊急の電話で呼び出される。大急ぎでズボンをはき、レセプションに降りていく。幼なじみだというやつだ。彼が欲しいのは、娘の病院代を払うための金だけだ。ぼくは返事をするのをためらうが、彼は柵のすぐ向こうにいて、携帯電話からかけていると言う。彼に会いにいこうとしていたら、受付係の女性が、何もするなと合図する。「あの人のことは知っています。うちのお客さんをよく罠にかけるんですよ」と大きな笑みをたたえながらそっと教えてくれる。

ぼくはもう長いこと留守にしていたので、思い出してくれ、といってぼくの前に矢継ぎ早に現れるこれらの顔のすべてを思い出すことは難しい。「ぼくのことが分からないのかい？」恥ずかしい。「君が出発する前日に、君の従兄弟がぼくたちを紹介してくれたじゃないか。」ぼくたちはたった一度、三十三年前に会ったことになる。ぼくは島の半分〔ハイチはイスパニョーラ島の西半分を占める〕で身動きがとれずにいる八百万の人びとの真ん中で、たったひとりだ。彼らはみんな、親戚や共通項をもちだして、自分のことを覚えているだろう、とぼくに期待する。誰もが、ぼくと関係のあるエピソードを携えてやってくる。四十年前に一度、一緒に映画に行ったよな。ぼくはこいつの兄貴のいちばんの親友だった。モントリオールに住んでいるそいつの従兄弟を知っているはずだ。めまいがしてくる。声と顔を取り違えたこともある。彼らがぼくの記憶に期待しているのが、とりわけ、まだ死んでいないということの確認だと理解するまでには、しばらく時間がかかった。

少し前からぼくは長椅子で
新聞をめくっていた。
そのとき柵の向こう側を
何度も行き来する彼の影を見つけた。
もう外出する勇気がない。

小説の窓から

ホテルの女主人は、その日の新聞に載っている情報は、すべて一週間以上前のものだと教えてくれる。日常のニュースに関しては、むしろラジオを信用すべきだ。情報それ自体よりも、情報を流すスピードが重要になった領域では、この遅れは出来事と自分とのあいだの緩衝装置としてはたらく。こうして人びとは、何日か遅れて到着する悪いニュースから保護されているのだ。それらがついにぼくたちのところに到着したときには、汗びっしょりの密集した群衆によって衝撃はかなり吸収されている。出来事と自分のあいだに数日間あれば、ぼくらが精神的な安定を保つには充分だ。

その週のニュースは高級住宅街とシテ・ソレイユの両方に関わっている。こんなことは稀だ。数か月前に誘拐された「良家の」若者が、ハイチのギャングの仮借なき親分のひとりになったのだ。その家の弁護士はラジオで、「彼が誘拐犯になったのは、将来二度と誘拐されないためだ」と言明した。論説委員が「ストックホルム症候群」〔精神医学の用語。犯人と人質が閉鎖的空間を共有するうちに、人質が犯人にたいして同情心や特別な好意を抱くようになること〕と呼ぶものについて、下町の住人たちはいまだに笑っている。まもなく抗議の声があがり、シテ・ソレイユの外壁にでかでかと落書きがされる。もしギャングに誘拐された金持ちのガキが、ストックホルム症候群のせいで二週間後にギャングの親分になるなら、何年も刑務所で過ごした犯罪者が、出てきたときに警官になっていないのはなぜだ？

それと同時に、大半の誘拐は互いによく知っている者どうし、ときには親族どうしで行われていることも知る。そこには根深い憎しみが存在している。犠牲者の銀行の預金残高が正確に分かっている。身代金の要求がますます正確になり、交渉がますます減ってきていることに注目してほしい。誘拐はたいそうもうかる商売になったために、金持ちたちも、そう長く足を踏み入れずにはいられなかったというわけだ。このブルジョワの青年の写真は、彼と一緒にいるほかのごろつきの写真とは異なり、わざわざモザイクがかけられている。

政府が無礼なジャーナリストたちを好き勝手に投獄できなくなってからというもの、ブルジョワたちがその後を継ぎ、たいていは安値で彼らを買収している。堕落したジャーナリストは金で買収する。貧しいけれども誠実なジャーナリストには、敬意をはらうことによって買収する。悪意のあるジャーナリストは、パーティーでとても若い娘を彼に近づかせ、えも言われぬ香水をかがせて買収する。

ぼくは毎朝自分を目覚めさせる
物売りの少女に気づいたところだ。
彼女の甲高い声はほかのどの声をもしのいでいる。

夕方帰るときにもまだその声は聞こえている。

ホテルの前に陣取った新聞売りは、ぼくに一部を月極めの値段で売ろうとする。ぼくはしかし、その日の新聞に載ったぼくの写真を彼に見せる。まばたきひとつせずに、彼はもう一度同じ法外な値段をいう。ぼくは十五グルド彼にやって、彼の手から新聞をもぎ取る。これはグルドで生活している人たちの値段だ、と彼は投げつけるように言う。ぼくがここの人間でないって、どうしてあんたに分かるんだ？　あなたはホテルにいるじゃありませんか。そんなことはあんたの知ったことじゃない。わたしにとって、あなたはその辺のよそ者と同じひとりのよそ者ですよ。あんたは大きくて豪華な車に乗って通りかかる人にはいくら払わせているんだ？　彼はぶつぶつ言いながら立ち去る。新聞売りが大見出ししか読んでいないのが幸いだった。さもなければ第五の権力〔立法、行政、司法、そしてメディアに続くシンクタンク〕に捕らえられていたかもしれない。

このとるに足らない出来事は
まるで心臓に石ころが
はいってしまったように
ぼくをぐらつかせる。

生まれ故郷の町にいてさえ、よそ者であること。

このような身分の恩恵に浴せる者は
多くない。
しかしこの小さな一団は
少しずつ大きくなっている。
ときが経てば、ぼくたちは多数派になるだろう。

サンピエール広場に通じる
小さな坂道を上りながら、
ぼくは突然モントリオールのことを考える。
モントリオールにいるときに、ポルトープランスのことを
考えることがあるように。
人は自分に欠けているものに思いを馳せるものだ。

ぼくはたまたまラ・プレイヤードという新しい本屋にはいった。六〇年代末には、ラフォンタン爺さんの本屋を知っていた。彼はいつも入り口近くに座っていた。もじゃもじゃの眉毛のせいでつっけんどんに見えたが、じつは愛想のよい人だった。口数は少なかった。ぼくたちは興味のある本を探しにまっすぐ奥に行ったものだ。一度に二冊以上買うことはない。偏執狂的な権力によってブラックリストに載せられていた、例のマスペロ叢書〔一九六〇年代後半から八〇年代前半にかけて、フランスのマスペロ社が出版していた左翼的な著作のシリーズ〕の中から選んだ。

ラフォンタン爺さんは、毎日危険を冒しながら、入り口のテーブルに並べられたつまらない推理小説や雑誌以外のものを売っていたのだ。代金を計算して、レジのそばに行き、カウンターにきっちりの額を置く。後ろを振り返らずに出口まで進む。一連の動作は、完璧なまでに滑らかに行わなければならなかった。家でよく練習したものだ。

友だちとぼくは
その後、サンタレクサンドル広場の向かい側の
小さな食堂に
集合した。
各自がたった今買った本をもって。
本をすべてテーブルに置き、
くじを引いて、誰がどれを読むか決めた。

ぼくたちの二十歳はあまりに真面目だったので、
自分のまわりで何が起きているか
ぼくが理解するには、
女の子がぼくのことをほとんど強姦しなければならなかった。
ラジオでローリング・ストーンズを聴いていた女の子たちは

すでにセックス革命を経験していた。
ぼくたちはまだ『新中国』を読んでいたけれど。

党の厳しくも洗練された戦略家である
周恩来はぼくたちの偶像で、彼の演説の中に
ぼくたちは必死に探したものだ。
エロチックな夢を
見せてくれたかもしれない
女性の香り、
足の予感、
そしてうぶ毛の生えたうなじを。

それからぼくは周囲に目を開き、自分たちが、観念的に革命を起こしているちっぽけな集団にすぎないことを悟った。ラフォンタン爺さんのところで買った政治論を注釈して満足していたのだ。ほかのやつらはのんきに過ごしていたが、だからといって元気がなかったわけではない。ぼくは最初の知的休暇をとる時期に達していたのだ。

そこでぼくは以前あれほど軽蔑していたやつらにとても惹かれるようになった。いい服を着て、香

水をつけることしか考えていないやつ、もしくはプラターズ〔一九五〇年代に結成されたアメリカのコーラスグループ。「オンリー・ユー」が大ヒットする〕のスローを踊れるやつに。本なんて一度も開いたことのないやつら。とくに、ぼくたちの夢に登場する近づきがたい王女様たちの心なんかよりも、土曜の晩のドレスに身を包んだ、すらりとしてしなやかな肉体に興味があるやつらだ。ぼくたちのことなんか絶対に気づかない女の子たちが、その腕の中で気絶するやつら。新聞の第一面に載った血まみれの顔（彼らはいつも最後はスポーツカーで致命的な事故に遭う）は、女子高校ではダヴェルティージュの新しい詩集より話題になっていた。

ラフォンタン爺さんは本屋をふたりの娘（モニックとソランジュ）に譲り、彼女たちはそれをふたつに分割した。ポルトープランスのものは、ペチヨンヴィルのより少しだけ大きい。ぼくはペチヨンヴィルの本屋を経営しているモニックとしばし語らう。彼女はぼくの小説をめくっている最中の娘をぼくに指し示す。ぼくは彼女のうなじ（本を読んでいる彼女のうなじは、ひどく露わになっている）に魅了される。彼女が振り返って、ぼくに気づいて気まずい思いをしないように、ぼくは中庭の木の下に行く。ぼくはいつの日か作家としてラ・プレイヤードに戻ってくるなんて、考えてもみなかった。

こうしてぼくは、自分がこれほど描いた世界（町、人びと、物事）の中を歩きながら、もはや作家ではなくて、その森の一本の木であるような気がしてくる。たんに風景を描くためではなく、その風景の一部になるためにそれらの本を書いたのだ、ということに気がつく。だからこそ新聞売りの言葉にあれほど動揺させられたのだ。ポルトープランスで七〇年代の初め、ぼくはジャーナリストだった。

独裁を告発しなければならなかったからだ。政権に牙をむく小さな一団に属していた。いちばん最後のころに性的興奮を覚えるようになるまで、自分自身に関してはいかなる問いも発したことはなかった。ぼくが自分の個性について意識するようになったのは、モントリオールで生活するようになってからだ。マイナス三十度では、人はすぐに自分の身体について意識する。寒さが精神の温度を下げるのだ。ポルトープランスの暑さの中では、想像力は簡単に燃え上がる。独裁者がぼくを国の扉の外に追い出した。そこに戻るために、ぼくは小説の窓からはいった。

赤いジープ

雑踏がぼくを通りに押し出す。
何台もの車がぼくをかすめていく。
もう汗びっしょりだ。
突然、一台の赤いジープがそばに止まる。
ドアが開き、
ぼくは乗り込む。
次の瞬間、ぼくはもう餌食ではない。
友人は雑踏の中を突き進んでいく。

彼は今朝の新聞でぼくの写真を見たのだ。
ぼくがどのホテルに宿泊しているか知ろうとして、
「ヌヴェリスト」〔ハイチの日刊紙〕や何人かの友人に電話をしたが、
誰も教えてやれなかった。

そして、偶然のように、今ぼくは彼の車に乗っているのだ。
彼はすぐさま奥さんに電話する。
一緒に食事するだろう?
ぼくは、いいよ、とうなずく。

新しいタイヤの赤いジープの中で。
大音響の音楽。
ぼくたちはそれに負けない声で話す。
山腹では
黄色の小さな飛行機が木とすれすれに飛んでいる。
踊りながらシャツを持ち上げている少年に挨拶するために
飛行士が窓から頭を出している。
自分の幼年期がぼくにまともにぶつかってくる。

友人はあいかわらず無頓着なままだ。
ここでは強烈に生きる必要があるんだ、と彼はぼくに言う。
いつ死ぬか分からないからね。
いちばん簡単に死を語れるのは

贅沢な暮らしにどっぷり浸かっている者だ。
そのほかの者たちは死を待つのみで、
どのみち、それはほどなく訪れる。

女たちが、絶壁に沿って
縦一列になって下りていく。
頭に果物の山を載せて。
背中をピンとのばして。
うなじは汗だらけ。
努力しているときの優美さだ。

ケンスコフ〔ポルトープランスの南東二十キロにある山岳地帯〕の狭い道路で
一台のトラックが立ち往生する。
女たちを降ろす。
商品はすでに地面に散らばっている。
男たちは道の端のほうに
トラックを押さなければならない。
低音の歌が立ちのぼる。

労働しているときの男たちの声だ。

登れば登るほど人影はまばらになる。
朝霧に隠れた
山の中腹の
小さくてカラフルな家。
ちょっとそこに腰を落ち着けて
トルストイ老人をまねて
五巻本の長い歴史小説を書いてみたいものだ。

赤土はとても立派な玉ねぎを生み出す。
物売りの女たちはぼくたちのほうにかごを持ち上げる。
友人はにんじんと玉ねぎを
買うために窓ガラスを下げる。
湿った土の匂いに頭がくらくらする。

川づたいに歩いている
農夫たちの声。

水の中を裸足だ。
麦わら帽子。
おのおのが闘鶏用の鶏を一羽ずつ抱えている。
そして後ろのポケットには
アルコールの瓶。
彼らは数珠つなぎになって
日曜日の試合に行く。

一匹の犬が日向を求めている。
そして結局、壁のそばに横たわる。
鼻面は濡れ、
目は半分閉じて。
昼寝の時間が訪れるのは早い。

ここではすべてのものが生長する。
植えなかったものまでも。
土はいい。
風が種子をまき散らす。

なぜ人びとはガソリンと糞の臭いがするところに
集まるのだろう？
いつも暑すぎるところに？
ほんとうに汚いところに？
美しいものを賞賛しながらも、
醜いものの中で生きるほうを好む人がいる。
そちらのほうがコントラストに富んでいるから。

空気があまりに澄みすぎ、
風景があまりに緑で、
生活があまりにたやすいと、
ぼくは呼吸ができなくなる。
都会人の本能がぼくのうちで刺激される。

断崖の向こう側で、
一頭の馬がぼくのほうに振り向き
長いあいだこちらを見ている。

動物たちまでぼくのことを識別できるようになってきているのだろうか。

国というのはおそらくそういうものだろう。
君がみんなのことを知っていると思い、
みんなが君のことを知っているように見えることだ。

ジープが突然左に曲がる。
十五分ほど
踏み固められた細い道を進むと、
広い領地の真ん中に建った
緑色の屋根の農家に突き当たる。

友人の奥さんは背の高い赤毛の女性で、
ドアのところでぼくたちを待っていた。
雌牛の放牧地の真ん中に立てられた
アイルランドの旗を目の前にして
よその国にいるような印象だった。

ぼくがハイチを去ってからしばらくして、
彼はアイルランドに行き、
二十年ほど暮らした。
それからペチヨンヴィルの高台に
設けられたこの緑豊かな小集落に
アイルランド人女性を連れ帰ったのだ。

アイルランドにいたとき、ぼくはハイチ風の暮らしをしていた、と彼は言う。今、ハイチに戻ってみると、自分が完全にアイルランド人だと感じてしまう。自分がほんとうは何者なのか分かる日なんて、来るのだろうか？　この種の問いは、まばゆい太陽のもとでさえ、知的な印象を与える。こんなうぬぼれは二杯目のラム・ポンチには抵抗できない。

カツオドリの群れのように
ぼくたちはほとんど同時に出ていった。
地球のいたるところに散らばったのだ。
そして今、三十年後に、
ぼくの世代は戻り始めている。

ぼくたちはマンゴーの木の下で、かの地で過ごした年月、すなわちひとつの人生について、熱っぽく議論する。彼の奥さんは、コーヒーをすすりながら、微笑をたたえて聞いている。彼女は到着して間もない。彼女のたったひとつの要求は、自分の前ではみんながクレオール語〔植民地時代にヨーロッパの言語と非ヨーロッパの言語が接触して成立した混成語〕で話すことだ。この言葉はわたしのここに届くのよ、と彼女は丸いお腹を指しながら言う。

夫が従業員に指示を出しに行ったあいだに、彼女はぼくを車まで送りながらきっぱりとした調子で言う。わたしは子どもの母語がクレオール語になるようにするわ。母語が母親の言葉だとしたら、英語だけど。いいえ、それはむしろ、母親が自分の子に教えることを選んだ言葉のことだわ。わたしはこの子をクレオール語で育てたいの。

ぼくは彼女にある話をする。おそらく八歳のときだっただろう。プチ＝ゴアーヴでどこの国の出身か分からない女の人に出会った。ただ、彼女は白人で、ハイチの埃の中をどこへでも裸足で行ったものだ。高級家具職人の妻だった。彼らには、ぼくと同い年の、白人でも黒人でもない息子がひとりいた。ぼくには、どうすれば自分の文化とちがう文化の中で生活できるのか、まったく分からなかった。モントリオールで三十三年間生活しても、謎は完全にそのままだ。まるで他人事のように。

モントリオールのあの小さな部屋で、
ぼくは本を読み、酒を飲み、セックスをして毎朝、最悪の事態を心配せずに書くことができた。
しかし自由の国からやってきて、
独裁のもとで生活するのを選んだ
この女性について、理解すべきことなどあるのだろうか？

彼女はぼくにこんな話をする。
トーゴ〔西アフリカの共和国〕で暮らしていた友人がいて、
ベルファスト〔北アイルランドの首府〕を離れる前に、その人に助言をあおいだところ、
人間はかならずしも生まれた国が母国ではない
ということを理解させてくれた。
風がよそに蒔（ま）きたがる種子というものがある。

友人がやって来る。妻の首にキスをすると、彼女は太陽の下でうめき声をあげながら身をよじる。子を宿した女性ほど官能的なものはない。ぼくたちは赤いジープに乗って、アイルランドの旗の周りを回ってから、彼女のほうに戻ってくる。彼女は車のドアに近づき、ふたりは互いに目で微笑みあう。彼女が彼の前腕に触れ、彼は発進する。いっとき日向に立っていてから、彼女は家の中にはいっていく。万が一、夫がアイルランドに戻りたくなっても、彼女は夫についてはいかないだろう。

素朴画のように彩色されたソワソン＝ラ＝モンターニュ付近の小さな墓地

ぼくたちはもうフェルマット〔ポルトープランスの南、ケンスコフのそば〕に停車している。
網焼きのポークや
サツマイモのフライが売られている。
食事中の人たちを満載したトラックが一台。
山深い南部に
下りていく長旅の前の
この熱に浮かされたような雰囲気。

でこぼこ道と
目眩（めまい）のするような断崖だらけの
この国の内部を、ある町から
別の町に行くのは
外国に行くのと

同じくらい時間がかかる。

ぼくらの鼻先に果物のかごを突き出して
わめいている物売り女たちの人垣を通りぬける。
この喧騒にまじっていくつかの笑い声。
ある男のぶしつけな指摘。
女たちの突然の陽気さ。

運転手がスピードをゆるめ、
男たちが皆はるか下の、歌が聞こえてくる川のほうに
身を乗り出す。
女たちが乳房をあらわにして、
ペチヨンヴィルの金持ちのご婦人たちの
白いシーツを洗っている。
植民地の香りだ。

黄色い花畑を横切って、
激怒しているあの少女はいったいどこに行くのだろう？

彼女が通り過ぎると、花は踏みしだかれて寝てしまっている。
この年齢の少女が
これほど怒れるということはおそらく
この国がまだ何かを秘めているということの
明白な証なのかもしれない。

マンゴーの木の下の、この女性は
ぼくたちにコーヒーを勧めてくれる。
川は遠くない。
空気はたいそう心地よく、
ぼくの肌に触れるか触れないかだ。
木の葉のあいだには風の音楽が。
命はなんの重さももたない。

母親を探している
子猫が
雌犬を見つける。
雌犬は子猫に好きなようにさせておく。

二匹は花の中で
眠ってしまった。

ふたたび道に戻ると、前には
車の長い列ができている。
ネクタイをした
汗びっしょりの男たちと
喪服を着た女たち。

葬列は付近の農民が
飾り付けした、質素な墓地で
止まる。
子どもたちを笑わせるほど
鮮やかな色と素朴な模様で
死を彩るという考えは
どこから来たのだろう?
プリミティヴ絵画の画家にとって、死は
こんにちはという挨拶と同じくらい単純なことらしい。

画家のティーガの家をちょっと訪ねる。
彼は、マルロー〔一九〇一―一九七六、フランスの作家、冒険家、政治家〕をあれほど感動させたこの小さな墓地から
遠くないところで生活している。
釘のように細く、
昆虫のような顔。
知性で震えている。
彼は座り、立ち上がり、窓のところに行って、
単純だと思われるほど
自然なアイディアとともに戻ってくる。
そして、これほど創意に富んだ人にしてはめずらしいことに、
彼にとって他人は大切なようだ。

農民画家たちは
サン＝ソレイユ〔「聖なる太陽」の意〕という名のもとに集合した。
大半の時間を夢見、描くことに費やしている
この村の日常生活は、
農民の神であるザッカ〔ハイチのヴォドゥ教の神〕をあれほど怖じ気づかせる

孤独な天体の周りで回っている。

ぼくの人生は、ある人の死を知らせる
夜の電話以来、迷走している。
その人の不在がぼくを形成した。
この回り道は無駄ではないことを知り、
導かれるがままになる。
どこに行くのか知らないときには、
すべての道はよいのだ。

ジープはペチヨンヴィルの市場の
そばに止まった。
今朝ぼくたちが出会った
まさにその場所だ。
ぼくたちは長いこと抱擁しあった。
すぐに
再会はしないだろうと感じてはいたけれど、
さようならは言わずに。

熱帯の夜

ぼくはホテルのそば、狭いサンピエール広場のベンチに座っているあの男を知っているような気がする。彼はすっかり読書に没頭しているようだ。髪は白髪まじりだが、指先で頬をなでるしぐさは変わらない。代数の授業中に詩を読んでいたのを見かけたことがある、ただひとりのやつだ。彼は『アルコール』〔フランスの詩人アポリネール、一八八〇―一九一八の詩集〕を夢中になって読んでいたが、そのたった一節がぼくをすぐさま酔わせた。ぼくが彼の家に行って、お父さんの本棚にあるすべての詩集を読み終えるまで、ぼくたちは一緒だった。この家族は詩しか読まなかった。詩を書きたいと思ったことはないが、とお父さんは自慢げに言っていた。ぼくが彼の肩に触れると、彼は顔を上げ、にこりともせずに隣りに場所をつくってくれた。彼はまだアポリネールを読んでいた。

彼の親父さんは獄死した。共産主義の本を隠しているらしいといって、本棚が荒らされた。共産主義者たちは詩が好きではなさそうだといって嫌っていた人が、頭をぶたれ、数日後に脳内出血のために軍人病院で死んだのだ。体制の悪徳警官たちがやってきたとき、友人は家にいなかった。おかげで『アルコール』はその日、引き裂かれずにすんだ唯一の本となったのだ。それというのも、彼はいつものように、その本を持ち歩いていたから。彼はけっしてアポリネールの酔いから覚めたことがないのだ。マドリッドに住み、ロルカしか読まないおじさんがしきりに勧めても、国を離れようとはしなかった。

彼は文学欄の校正者として「ヌヴェリスト」紙で働いている。生き延びるのがやっとだ。なろうと思えば文芸批評家になることもできただろうが、他人との接触をすべて拒んで、ひとりの詩人だけを読んでいる（「なんの価値もない、しがないわたし」）。彼は今も、ぼくが彼と知り合ったころ住んでいた小さな部屋で生活している。官邸で働いている友人が父親の死を知らせてくれた日に、ほかの部屋は閉めてしまったのだ。そのとき以来、詩にアルコールが加わった。昼間は新聞のために働き、午後は夜を待ちながらこのベンチで読書して過ごす。

熱帯地方では夜は突然おとずれる。
真っ暗な夜。
自分の前方に何も見えないのに驚いて、
ぼくはゆっくりとアポリネールを
朗読する者の後ろを歩く。
イランイランノキ〔バンレイシ科の高木。香油、香水を採る〕の匂いが、
暗がりをよいことに
この貧しい郊外に

広がっていく。

二列の紙提灯のあいだに
物もいわずに滑り込む。
物売りの女たちの
妙なる声。そのシルエットが
壁の上に浮かびあがる。
ぼくの幼年期は、夏の夜聞いた
この童謡ではぐくまれた。

夕方の散歩をする
一頭の雌牛の
ものうげな足取り。
夜は
シャガール〔一八八九―一九八五、フランスの画家〕のようになる。
下町のきゃしゃな娘たちが、
まだ熱いアスファルトの上を

市場の近くの小さな映画館のほうに、
軽いサンダル履きで、芸者のように滑り込んでいく。
彼女たちは恋人と合流する。
道を歩くあいだ中、
刺青（タトゥー）をしたごろつきと抱き合うのをやめない。

ぼくがハイチを離れる前は、人前で抱き合っている庶民の娘などいなかった。政府があらかじめ検閲した映画しか上映されなかった。当局は風紀取締班を設置して、公園を分担警備し、ふしだらな恋人たちを探していたものだ。見つかればすぐに結婚させられた。監督官たちは、その値打ちがあるときには、初夜権を要求した。政府は、人びとが貞操堅固であればあるほど、反抗心はなくなるだろうと考えていた。

けたたましい声。
ディスコの近くで。
人目につかない道で。
町に新郎新婦のお祝いをしにきた
着飾った農民で
ぎゅうぎゅう詰めの三台のトラック。

若い女性たちの
か弱いうなじが
たこのできた手と
対照をなしている。
社会的出自を暴露するのは
いつだって手だ。

かぐわしい香りの夜の中で
これらの宵の美女たちの笑い声は、
獲物を追いかける若いトラに
彼女たちの居場所を容易に突き止めさせてくれる。
そしてその中のひとりを選んで
隠れ家に連れていき、
心静かにむさぼり食わせてくれる。

長い廊下の奥には
夕方の身支度をしている

半裸の女性がひとり。
車のヘッドライトが
彼女の光り輝く乳房に降りかかる。
捕食者たちの視線から乳房を守るために
彼女はすばやく両手をその上にもっていく。
するとふくらんだ恥部があらわになる。

彼の親父さんは家で晩を過ごすのが習慣だった。父親は夜を知らずに死んだ、と彼は信じている。ぼくたちは口を利かずに広場のほうに戻る。さっきよりずっとよく見えるので、彼のことを観察できる。彼は人びとを擦るように歩き、匂いを嗅ぎ、これまでぼくが誰もするのを見たことがないようなやり方で、この瞬間をじっくり味わっている。これほど貴重な夜の経験がいつか彼とともに消えてしまうのを心配して、なぜ詩集か日記でこの夜の冒険を語らないのか、とぼくが尋ねると、このような感動を誰かと分かち合いたいとは思わない、とうんざりしたような手振りでぼくに分からせた。

通行人が投げた一本の骨を奪い合おうと身構えている犬の群れ。犬は二組に分かれて整列している。真ん中には骨がある。突然、骨は気にもとめずに、それぞれが相手の喉に飛びつく。人間の行動と違いがないように思えるこの行動について注釈しようとして、ぼくは振り返るが、彼はもうそこにいなかった。彼は夜の中に消え、夜は急にもとのように暗くなる。ぼくは寝に帰る。

大量の黄色と黒の軽オートバイが
花粉を探すミツバチのように
サンピエール広場の周りを回っている。
パパ・ドックの、サングラスをかけた
冷血漢たちの時代は終わったのだ。
町にはあらたな野蛮人がいる。

足を痛めた者たちの世代

ホテルのバルコニーから、広場、
市場、本屋、
そして遠くには、埃っぽい道が見える。
母の家のほうに下っていく道だ。
友人とともに彼の田舎の家へ出かけたあの脱走をのぞけば、
ぼくはこれまでこの安全地帯の外に出たことはない。

いったい何がぼくを恐れさせているのだ？　ベビー・ドック〔独裁者フランソワ・デュヴァリエの息子ジャン＝クロードのこと〕が出て行って以来、住民のあいだに溶け込んだトントン・マクートではない。彼らはかつて自分たちが拷問をした者に見つかるのを恐れている。バイク乗りの若者たちでもない。彼らは、危険を冒してまでこの国を訪れる数少ない外国人が出入りするホテルや画廊のある地区に、バッタのように襲いかかるけれども。ぼくが黄金圏内からあまり遠ざからないのは、自分の町でよそ者だと感じないですむためだ。この対決の瞬間が近づくと、いつも繰り延べする。

ぼくの青年期には、ペチヨンヴィルは日曜の午後に訪れる、金持ちが住む郊外だった。サンピエール広場では、ブルジョワの女の子たちがそぞろ歩きするのが見られるかもしれなかった。それ以来、ずいぶん変わってしまった。金持ちたちは山腹に避難してしまった。生活の実態を知るには、ポルトープランスに下りていかなくてはならない。そこではハイチ住民の四分の一が、水の外に出たチョウザメのように手足をばたつかせているのだから。四十年前から、土地をもたないすべての農民、この国の失業者や飢えた人たちが集まってくるのは、この町のほうになのだ。

ぼくは母のことを考える。母は
自分の住んでいる地区を離れたことがない。
いつかどこかに行けるという希望をもたずに生活している
六百万人のハイチ人のことを考える。
彼らは冬にお椀一杯分の新鮮な空気を
吸いに行くこともできない。
しようと思えばできるのに、
それをしたことのない人たちのことも考える。
すると、ホテルのバルコニーから
自分の町を見ることに居心地の悪さを感じる。

サンタンヌ広場のそばで、青年のころから一度も会っていなかった昔の友人に出会う。彼はそのころからこの下町に住んでいて、今もそこで生活している。ぼくが戻って来て以来驚いているのは、ほとんど誰もこの界隈から動いていないということだ。人びとは貧しくなったが、もっと惨めな地域に彼らを運び去る風に抵抗しつづけているのだ。

ぼくはトゥーサン・ルヴェルチュールの大きな騎馬像を花壇が囲っている、しゃれた広場を覚えている。同じ名前の古い高校のすぐ正面だった。灌木は今では泥で黒ずんでいる。人びとの顔も陰気でくすんでいる。家のドアもうす汚れている。こんな不運に慣れることができるなんて、理解できない。

ぼくは過去の目で
町を見ないようにしようと心に誓っていた。
昨日のイメージは
今日のイメージとたえず重なりあおうとする。
ぼくはふたつの時間のあいだを行ったり来たりする。
ぼくらはときおり列車を追いかけて
サトウキビの端をくすねて、

「ソロモン王の星」のかげで味わったものだ。
このみすぼらしいホテルは、昼間は、地方からやってきて、
首都であれこれといかがわしい商売に手を染める
ありとあらゆる輩の根城だったが、
夜になると売春宿に変わった。
本物のセールスマンたちは
マルティサン近くの質素なホテルにじっとしていた。

ぼくらは線路の上に寝て、列車が通る瞬間に起き上がったものだ。最後に逃げるのは誰か、賭をした。ぼくの友人がいつも勝っていた。ある日、彼にその秘訣を尋ねてみた。目を閉じて、自分がジュリエットとセックスしているところを想像するんだ、と彼は言った。たしかに当時、ジュリエットはぼくたち全員を夢中にさせていた。彼が彼女と一緒にいたいというのはもっともだと思った。ぼくなら間に合うようには起き上がらなかっただろう。彼は今、車椅子に座ったままだ。もう足を動かすことができない。ぼくはすぐさま、欲望が恐怖に打ち勝ったのだ、と思った。というのも、友達がみんな帰ってしまってから、彼はこのロシアン・ルーレットをひとりでやるために戻った、とぼくに話していたから。こんな遊びをひとりでするなんて、ありえるだろうか？　誰が勝つっていうんだ？　これが彼のオルガスムに達する方法だった。列車が近づけば近づくほど、ジュリエットの顔立ちがはっきりしてくるのだった。

ぼくらは熱しやすい雰囲気の中に生きていた。サングラスの冷血漢たちが、メントール入りの長いタバコを吸っているドミニカ〔イスパニョーラ島の東半分を占めるハイチの隣国〕出身の若い娼婦を連れて高級車を乗り回しているときに、ぼくらは危険を冒して外出していたのだ。しばしば短機関銃が後部座席で眠ったふりをしていた。彼らは夜じゅうカジノで遊んで過ごした。明け方、彼らが寝に帰るときに、その通り道にいないようにしなければならなかった。というのも、もうひとつ別の遊びをするためだけに、彼らは途中にいる誰彼にためらうことなく発砲したものだから。彼らの第一の任務は元首の安全だった。だから、いうことを聞かない地区を入念に調べることができるように、政治的陰謀を考え出したのだ。

友人はカジノで腰に弾丸を受けたのだった。
自分の妻が友人から目を反らせないのに嫉妬した将校が撃った弾だった。
事件は新聞の大見出しになった。
大統領が彼に金をやるといった。
父親がそれを拒んだ。
野党勢力は彼を英雄に仕立てようとした。
彼はそれを拒んだ。

ぼくは彼が、欲望をかき立てる
ひとつひとつのものに
もてる全エネルギーを集中させるのを見る。
車椅子に縛りつけられた男にたいしては
そんな挑発に効果があるなどと考えもせずに
ミニスカートの女の子が
彼に軽く触れたとき、
彼は燃え上がった。
彼の両足はもう動かないが
くだんの器官は
まだ機能するようだ。

ぼくは自分の世代が
どんな状態にいるか知るために
点呼するのをためらう。

政府で働いている者もいれば、獄中の者もいる。細々と暮らしている者もいれば、贅沢三昧の暮らしをしている者もいる。いまだにプレイボーイを気取っている者もいれば、早々と老け込んでしまった者もいる。しかし国を離れることができずに、いつも出て行きたいと思っていた者たちは、通りすがりにぼくとすれ違ってみると、旅を夢見るのは新しい世代の若者たちだと感じる。

下痢礼讃

薬局に行くとガラス戸に厚紙が貼ってあり、「喪中につき休業」と書かれていた。ぼくは下痢で一晩中危機的状況だった。ひっきりなしに排便し、お腹にこれほどのものがつまっていることにまだ驚いていた。昨日、ぼくは歩いている途中でシャンソン酒場に立ち寄って、フルーツジュースを飲んだ。それは、ぼくがあいかわらずこの国の子どもであることをちょっと証明したかったからだ。ナショナリズムは、ぼくの心は欺けても、腸は欺けなかった。

冷たい手をした若い薬剤師は
ブスコパン〔鎮痙薬〕と
アモキシシリン〔抗生物質〕を一日三回飲むよう、ぼくに勧めた。
すぐに薬を飲み始めるため、
ぼくは水も一本買う。

ホテルのトイレに駆け込んで、リラックスする。長くかかるかもしれないから。中を眺め回すと、窓の縁に「ヒストリア」のバックナンバーが一冊置いてあった。それを読むと、第三帝国〔国家社会主義労働者党時代のドイツの国名〕におけるヒムラー〔一九〇〇—一九四五、ドイツの政治家、全ドイツ警察長官、ヒトラー内閣内務大臣などを歴任〕の昇進と、最後のころ、掩蔽壕（えんぺいごう）のネズミのようになったときの側近たちの対立がすべて理解できた。人びとは、ナチスの将校たちがシャワーを浴びずに服を着替えるようになったとき、戦争が終わったことを知った。ぼくはこういう話に夢中になっていた青年期を思い出したが、母はそのことに絶望していた。多かれ少なかれ政治に関わるどんなことにも恐怖で青ざめたのだ。不思議なことに、ぼくが「ヌヴェリスト」紙に最初の記事を発表するやいなや、母は震えなくなった。それは出版されたばかりの小説『イチジク』〔後出ラビュシャンが妻と共に一九七一年に発表した中編小説〕についての長い文学的論評だった。どんな国でも、文芸批評をすることには大した危険はないだろう。自分の最新詩集にたいする不親切な論評に気分を害した俗っぽい詩人から平手打ちを食らう危険を別にすれば。しかしハイチではそうでなかった。ぼくの記事は、ぼくの人生にとって決定的なふたつの反応を引き起こしたのだ。まずは、当時もまだ学校で生徒たちが勉強していた浩瀚な『ハイチ文学史（独立から現在まで）』の著者であるジスラン・グレージュ教授の反応。彼は事実に関する一ダースほどの誤りを指摘しながらも、ぼくの知覚が新鮮だと褒めてくれた。しかし同じ日のうちに、ヴァルメ准尉の兵舎に呼び出されたのだ。それは、確立されていた基準からすれば、社会的是認を意味していた。

母は、震えてはいたが意を決して、恐ろしいヴァルメ准尉のオフィスまでぼくについてきた。ぼくは冷静だった。准尉は母にたいしてコーヒーを出させたが、尋問への同席は許さなかった。尋問は「文学的な事柄を真に愛するふたりのあいだの友愛的な会話」ということになっていた。母は執拗に迫ったが、准尉は下士官に母の相手をするよう頼んだ。こうした愛想のよさは、母を安心させるどころか、いっそう不安に陥れた。しかし会見は首尾よく行われ、文学的枠組からそれほどはみ出しはしなかった。ラスール・ラビュシャン〔一九三九―、ハイチの作家、フランス語教師、俳優、映画監督、ポルトープランス元市長、デュヴァリエ政権下で抵抗運動を展開する〕の小説に関しては、彼の意見はぼくのとはちがっていた。彼にとって、ラビュシャンのほんとうのもくろみは、文学ではなく政治だった。著者がモスクワに滞在したことがあるなんて、ぼくは知っていただろうか？　共産主義作家ジャック・ステファン・アレクシ〔一九二二―一九六一、ハイチの作家〕の腹心の友だなんて？　ぼくにとって、ジャック・ステファン・アレクシの『太陽将軍』はハイチ文学のもっとも美しい小説のうちの一冊だ。准尉は自発的に、自分が好きなのは『星々のロマンセ集』〔アレクシの作品〕だと答えてくれた。彼の好きな作家はモーリヤック〔一八八五―一九七〇、フランスの作家〕だ。この作家によるボルドーのブルジョワたちの描写は、田舎で過ごした青年期のいっときを准尉に思い出させてくれるのだ。彼は最後にぼくの「ハイチ流にはまれな、明快で読みやすい文体」を褒めてくれた。ぼくは、この男がパパ・ドックの拷問部屋を指揮していることはけっして忘れなかったけれど、その洗練された物腰と教養の豊かさに強く心を打たれた。ときおり、ほかの部屋から叫び声が聞こえてきた。しかしながら、文学があらゆる危険から自分を救ってくれるだろうという確信は、その日も、後になってからも、消えることがなかった。帰り道、母はオフィスで何を言われたか知ろうとして異常に興奮し、コカコーラつきのサンドイッチを食べにぼくを連れていき、タバコまで買ってあげようと言った。一九七六年六月一日、同僚のガスネル・レーモンがトントン・マクートによってレオガーヌ〔ポルトープランスの西三十キロに位置する町〕の浜辺で暗殺されるまで、ぼくは文化・政治的な週刊新聞「プチ・サムディ・ソワール」の文芸時評を担当した。同僚の死後すぐにモントリオールに亡命した。

ぼくの腸をおそった災難を知って、
女主人は厳しい節食をぼくに勧める。
もう少しのあいだ部屋にいなくてはならない。
手洗いのそばにいるためにだけでも。
ぼくは便器のまわりをうろつきながら過ごす。

部屋の中をぐるぐる回るのにもうんざりして、
ホテルのバーに降りていく。
棚に載った小さなテレビが、
車の事故で昨晩死んだ
若いミュージシャンたちの葬儀を中継している。

人びとはもう自然死には
慣れていない。
派手な衝突を、

政治的ではなくて自然な死だと
見なすとすればだが。

新聞で読んだところでは、
彼らは五人で車に乗っていた。
しかし、みんなが忘れないのは、
ニュースを知って婚約者が自殺したやつだけだろう。
人びとの記憶の中に残りつづけるには、
出来事どうしが互いにぶつかり合う必要がある。
死と重なる愛だ。

ぼくが、自分の視界を横切る
黙示録的な映像しか考慮しないというのはほんとうだ。
うわさには耳を貸さないし、イデオロギーには関心がない。
この下痢はハイチの現実への
ぼくの唯一の関わりだ。

ときおり、女主人より若いのにやつれた表情の年配の女中が、とても苦い水薬を運んでくる。まるで、歳をとるほど彼女たちがつくる薬がまずくならざるをえないといわんばかりだ。女主人はぼくにこっそり、その液体は洗面所に捨てて、自分の薬を飲みつづけるように、とささやく。さらに、少し休むように、とも忠告する。——国は一週間ではなくなりませんよ。時間の問題がぼくにとっては強迫観念になっているということを、どうやって彼女に伝えたらいいだろう？　ふたりとも同じ部屋にいても、ぼくたちは同じ時間を生きてはいないのだ。ぼくらが現在を把握するやり方を決定する過去は、万人にとって同じ密度をもつわけではない。

ぼくは部屋の中をぐるぐる回る。
ぼくの安全地帯は
どんどん狭まっていく。
ホテルの周りでの
生活について本を一冊書こう。

ホテルの入り口あたりにいる男が
ぼくのことを思い出せずに
長いあいだこちらを見ている。
ぼくのほうも、彼になんとなく見覚えがある。
過去のぼんやりしたいくつかの映像を記憶の水面に浮かび上がらせるには、

たっぷり五分はかかる。
昔いつも一緒だったとは。
互いに微笑みあって、それから別れた。
まるで一度も会ったことがなかったかのように。
残っているわずかなものを保存する唯一の方法だ。

これほど狭いこの通りは、
ぼくの記憶では
広い並木道だった。
ブーゲンビリアの茂みだけが
そのまま残っている。
ぼくが恋していた
リザが通りかかるのを見張るために、
ぼくが隠れていたのはこの茂みの陰だ。

いくつかの細部というものは
その日の色合いによって
さまざまな感傷に変化するということに気づく。

酔っぱらいのように黄色に見える。
それは熱のある人の状態でもある。
横になりにいく前に、グロッグ〔ラム酒を砂糖湯で割った飲み物〕をつくる。

暗闇の中で、ぼくは自分の額に手が置かれるのを感じる。
眠っているふりをする。
ふたりの高齢の婦人がぼくのそばにいる。
彼女たちは状況を判断している。
大したことはないわね。
熱は下がったわ、と一方が言う。
彼女たちがゆっくりと階段を下りていくのが聞こえる。

雨が駆け足（ギャロップ）する

突然、最初の雨が数滴落ちると、人びとはパラマウント映画の入り口に走って避難する。一瞬、切符売り場の男はゴダール〔一九三〇―、フランスの映画監督、ヌーヴェル・ヴァーグの旗手〕がポルトープランスの人気者になったかと思った。警戒態勢が過ぎると、穴があいた赤い座席のだだっ広い部屋に、『中国女』を観るために残っているのはぼくひとりだった。

映画のあと、ぼくは雨の中を歩きたかった。
遠くでは、青少年たちが
水の一斉射撃を浴びながら踊っている。
雨がぼくのほうに駆け足（ギャロップ）してくる。
その音楽が聞こえてくる。
幼年期にさかのぼる感傷。

ぼくは、雨の中で

サッカーをしている
子どもたちに近づいていく。
流れるような時間。

自分の身体と
同じ場所にいるというのは、
そんなに簡単なことではない。
空間と時間が一致して、
ぼくの精神は休息しはじめる。

失ったと思っていた
原初のエネルギーを、ふたたび見出した。
そして、うっとりしたぼくの目の前であんなに早く回転しながら
ぼくの幼年期を燃え立たせた
あの赤い独楽（こま）の前で、
はるか昔に感じた
驚嘆を。

朝早く、
少女が
火をつけようとしている。
これほどの人びとの
一日をうるおす
コーヒーを淹れるために。

ぼくらは木を伐採された山腹を
長いことよじ登った。
首に汗をかきながら。
真昼が喉元でぴくぴくしている。
山頂についたら、
休息日の
高級娼婦のように
湾に沿って物憂げに
横たわった海を見出すために。

不動の景観。

空
海
太陽
星々
そして山々。
一世紀後にもどってきても
ここでまた見るであろうものだ。

ぼくはこの細かな雨の中に
長いあいだ立っていた。
顔を空に向けて。
近所の裸の子どもたちが
やってきて、ぼくを取り囲んだ。
まるでぼくが奇妙な幻であるかのように。
彼らにクレオール語で話しかけても、まったくむだだった。
彼らの驚きがぼくをゲームの外に引っ張り出す。

ハイチ人に変身するには

クレオール語を話すだけでは充分でないということが
分かったのは、そのときだ。
じっさい、ハイチ人というのは現実に即さない
あまりに漠とした語だ。
人はハイチの外でしかハイチ人にはなれない。

ハイチでは、むしろ
同じ町の出身か、
性別が同じか、
世代が同じか、
宗教が同じか、
相手と同じ地区の出身か、ということが問題なのだ。

雨の中で
裸で踊っていたあれらの少年たちは、
自分たちのゲームの中に大人がはいってほしくなかったんだ、
とホテルに戻りながら、ぼくは独り言をいう。
青年というのは排他的なクラブなのだ。

のんきな若い女性

ぼくがずぶぬれになってホテルにもどると、妹が女主人とおしゃべりの真っ最中だった。ぼくは着替えをするため、妹と部屋に上がる。妹は仕事帰りに、ぼくがどうしているか知ろうと思って立ち寄ったのだ。母が心配しはじめているためだ。母はぼくが危険な目にあっている夢を見た。どうやらぼくは母の感受性が届く圏内にいるらしい。モントリオールにいたころは、母から十分足らずのところにいる今ほど、母が心配そうにしていたことはなかった。それはちがうわ、と妹が言う。母さんは兄さんがいなくなってからずっと気をもんでいたのよ。明日会いにいくよ。妹は母が情につけこんでちょっと脅かすのには騙されない。母のことをよく知っているのだ。妹はいつも同じ時間に帰らなければならない。さもないと、母は決然とポルトープランスの通りを探して回ることになる。二百万人以上の人口をかかえる町で、こんなふうに人探しに出かけるなんてありえるだろうか？　しかし母はそうする。そして十回に九回は妹を見つけ出すのだ。

おばのひとりは、父がいたころ、母はのんきな若い女性だったとぼくに言った。気まぐれでさえあった。夫がいなくなった直後に仕事を失った。それは予想されていたことだったが、母は、民間企業でなら最後には何か見つけられるだろう、とずっと考えていた。ところが独裁者は公共企業と私企業の境目を取っ払ってしまった。デュヴァリエ時代が残っただけだ。しかもそれは、人びとの私生活にまでおよんだ。寝室での睦言まで聞けるのだ、とぼくらは知らされていた。すべてのテリトリーが彼に属していた。それから母の転落が始まった。この誇り高くて反抗的な女性が、か弱くて不安な小鳥になるには、何十年にもおよぶ苦悩と欲求不満、屈辱と日々の苦労が必要だった。

父はいつも母に来てほしがっていた。夫に会いたいという気持ちはとても強かったが、母は子どもたちが亡命生活の中で成長することは望まなかった。ぼくたちに国とはどういうものか、教えたかったのだ。ある晩、母のそばで眠っていたとき、母が最後にもう一度だけ父の顔に触れてみたい、とつぶやいているのを聞いた。父の顔立ちは母の網膜に焼き付いていた。母に欠けていたのは、父の身体の重みだった。母は半世紀近くも、自分の夫と子どもたちと国のあいだで引き裂かれながら、耐えたのだ。それら全部が自分のものだったのは、ほんの短い時間にすぎなかったのだ。

ぼくは妹とうちとけた会話ができない。互いのことがよく分かりすぎているのだ。ぼくは妹の人生を織りなすさまざまな事実は知らなくても、その曲線が理解できてしまう。今では、ぼくたちの関係は、十代後半に一緒に暮らしていたころのことと、亡命によって余儀なくされた距離とのあいだを行ったり来たりしている。熱さと冷たさが混ざったこの関係は、主として幼年期を一緒に過ごさなかったことに起因している。妹は母と一緒にポルトープランスに残ったが、ぼくのほうはプチ＝ゴアーヴの祖母のところに行った。ぼくたちはさまざまな話をしながら夜を過ごしたものだ。ふたりのやり方は異なっている。妹は語り、分析する。ぼくは、ちっぽけな出来事を、同じようにちっぽけな一連の出来事に結びつけながら、それにある種の広がりをもたせることができる。じつはぼくは、話というのはそれ自体小さくも大きくもなくて、すべてが互いにつながっているものだと思っている。全体は、密度が高くて硬い塊を形成していて、それは手っとり早く「人生」と呼ばれているものだ。

妹とぼくは互いによく補い合っている。共有することができなかった唯一のものが、父だ。ぼくはいつも妹だけが父の動いている姿を覚えているのではないかと感じていた。ぼくたちふたりのうち、父の顔を覚えているとしたら、それは妹のほうだ。彼女がぼくより一歳年下だとしても。父がポルトープランスにいたころ、ぼくはプチ＝ゴアーヴにいたから。父はその頃、マグロワール＝アンブロワーズ通りの大きな木造の家に、母と妹と一緒に住んでいた。妹は三歳で、ぼくは四歳。妹はお乳を飲ませてくれているときの母の声を覚えている、といつも言い張った。そして、いつもそれを信じるのは、家族のうちでぼくだけだった。ぼくのほうは、母が話してくれたこと以外、何も覚えていない。妹は細かいことについて鋭敏な感覚をもっているし、鼻がよく利くので、父の匂いだって覚えているとぼくは断言できる。ぼくたちは父の生をまったく共有していないので、その死について語れない。

ニニーヌおばさんが、ふたりだけで話すためにぼくを脇へ呼ぶ。彼女はぼくの背後で部屋のドアを念入りに閉める。ぼくたちは部屋の真ん中に突っ立っている。突然、彼女が詰め寄ってくる。あんたはダニーを救わなくちゃいけないわ。ぼくが何から救われなければならないって？　あんたの甥っ子のことを話しているのよ。ダニーを救わなくちゃ。何から？　あんたはあの子のために何かしてやらなくちゃいけないわ。おばさんは何のことを言っているんですか？　あの子はこの国を離れなくてはいけないわ。ここにいたら、運命が決められてしまうもの。あの子は二十三歳だけど、本人の意見なんてどうでもいいわ。あの子の人生は自分のものじゃないんだから。なんとしても、この国を離れなくては、とおばは繰り返す。ぼくみたいに三十三年後に戻ってくるためだとしたら、それに何の意味があるだろう、とぼくは思う。母がいたずらっぽい笑みを浮かべて部屋に入ってくる。ニニーヌおばさんは、すぐに体調の話題に切り替える。母は何かあるなと感じ取って、ぼくたちを差し向かいにして残したまま、部屋を出て行く。ぼくは続きをうまくかわそうとして、母の後をついていくふりをする。ドアを出ようとした瞬間、ニニーヌおばさんがぼくの腕をつかむ。おばさんにとって甥の将来が大事であったとしても、それだけが気がかりの種ではないらしいことに、ぼくはなんとなく気づく。あんたのお父さんのことで、ザシェが電話してきたわ。お母さんは、今あなたの支えが必要よ。お父さんは、家にはいなかったといっても、この家のただひとりの男の人だったんだから。三十年とはいわなくても、この数日ぼくがいなかったことにたいして、非難している口ぶりだった。気がおかしくなってしまった人が頭の中で何を考えているかなんて、知ることはできるのだろうか？　ぼくが父さんから受け継いでいると思いたいのは、社会的正義についての考え方と、権力に妥協しなかったこと、お金に超然としていたこと、それに、他人にたいして情熱をもっていたことです。で、あんたの母さんは、何をもらうのかしら？　苦しみを乗り越えて、父さんについてずっと持ちこたえることができたものですね。ぼくたちは何もいわずに長いあいだ互いを見つめている。ニニーヌおばさんはようやくドアを開けてくれる。

バイクに乗った殺人者

ポルトープランスのこの劇場では
すべてが生中継で見られる。
カワサキのバイクに乗って
いついかなるとき
訪れるかもしれない死までも。
アジアから来た死だ。

サングラスの若い男が
黄色いカワサキの軽オートバイに乗って、
広場の周りでしきりに爆音を上げている。
「あの子はろくな人間にならないわ」と
ぼくの隣りに座っているご婦人がぽつりという。

あとになって知ったことだが、
バイクに乗ったひとりの若者が、
立ち止まりもせずに発砲したことがあったのだ。
診療所に入ろうとしていた
ふたりの医師をめがけて。
このすぐ近くで。
全速力の死だ。

証人（六十歳の男性）曰く。「わたしはすぐそこにいました。議論している最中の医者たちの横に。バイクの音が聞こえたんで、どこから来るのか見ようとして振り返ると、バン、バン！　二発です。ふたりの医師は倒れました。ひとりは喉を撃たれていて、もうひとりは心臓です。やつは立ち止まりもしませんでしたよ。」

このふたつの殺人の唯一の証人の周りにすぐさま人垣ができる。救急車がけが人を甲斐甲斐しく助け起こす。一方は、すでに死亡している。首を撃たれたほうも、助かる見込みはほとんどない。すさまじい勢いで駆けつけた妻は、彼をヘリコプターでマイアミに運ぶと話している。

同じ証人曰く。「感心しますよ、自分の仕事がよく分かっている人には。やつはほとんどスピードも緩めませんでした。正確なもんです！　誰にでもできるわけじゃないですよ。わたしは十年間バイクを乗り回していました。新品のカワサキですがね。小さいけれど、信頼できましたよ。もちろん、そこら中にあるような、故障するかもしれないバイクじゃ、危険は高まりますからね。やつは自分の仕事に真剣に取り組んでいるんですな。」

ひとりの警官が近づく。殺人者の正確な仕事をあいかわらず賞賛している男から、群衆が離れる。

警官　本官と一緒に来てください。

証人　なぜですか？

警官　状況をよくご存じのようですから。われわれの役に立ちそうなので。

証人　近くに住んでいるんです……。わたしはバイクの愛好家にすぎません。

あるご婦人　バイクの愛好家かもしれませんが、ここの住人じゃありません。わたしは四十六年前からこの地区に住んでいますが、この人を見かけるのは初めてですよ。

警官　本官と一緒に来てください。

証人　すぐそこ、山の上の嫉妬（ジャルージー）に住んでいるんです。

ご婦人　わたしたちを脅かすごろつきは、みんなあそこから来るじゃありませんか。

証人　わたしはまったく共犯者なんかじゃありません……。ただ見事になされた仕事が好きなだけです。

警官　来てください。さもないと、すぐに手錠をかけます。

証人　ここは民主主義社会なのに……。

別のご婦人　この人が言っているのは本当で、ただのバイクの愛好家かもしれないわ……。いつ黙るべきか知らない人っていますからね。死の前では、帽子を脱ぐだけにすべきなのに。

警官　本官についてきてください。であなたは、ご婦人、あなたも証人ですか？

最初のご婦人　いいえ、事件が起きたとき、わたしは食事中でした。

警官　さあ、みなさん、立ち止まらないでください……。

市場の中で
みんなが駆けずり回っているとき、
それは、ある人にとってだけ
時間が止まってしまったことを意味する。
血まみれになって地面に横たわっている。
最後の痙攣。
遠ざかっていくバイクの音。

その若いバイク乗りはたやすく逃げられた。
しかしまもなく足がつくだろう。
彼が住んでいるスラム街は、

警察への密告者の巣窟だ。

その大半は自分たちも殺し屋だが。

「ニューヨーク・タイムズ」紙のある調査によれば、これらの殺人の大部分は有力なビジネスマンたちによって指図されている。彼らは、殺人者たちが住むスラム街の真正面、山腹に建っているあれらの豪邸に住んでいる。

「契約」の交渉は、ひとつの居住地から別の居住地に、携帯電話を使って行われる。食うや食わずの貧乏人もブルジョワも、技術の進歩にはいつも関心をもっている。一方は安全性の理由で。他方は戦闘状態の中に留まるために。

大学のそばで

この機会に周囲を一瞥してみたい。ぼくは場所を突き止め、自分がどこにいるのか知るのが好きだ。走りださなければならなくなったとき、袋小路に入ってしまうのを避けるために。小さな公園を見つける。そこには、どうしても仕事を見つけられなかった大学卒業生たちが通ってきている。卒業時にまともな職に就けるのは十パーセントだけだということがまだ分かっていない者たちばかりだ。だから、勉強しただけでは充分でないということが。この国で働くには、金持ちの家に生まれるか、有力な政治家一家と縁組みしなければならない、と辛辣だが冷静なある学生がぼくに言う。

顔の上に白いハンカチを載せて、
公園のベンチに倒れ込む失業者たち。
ミニスカートをはいた数人の娼婦たちは、
現代文学専攻の女子学生の
ふりをしようとする。
股のあいだに銃だけはさんで

うとうとするひとりの警官。

落伍者たちの昼寝。


ひとりの若い娘が母親と連れだって歩いている。母親のほうもとても若いので、もしかしたら姉かもしれない。

ふたりは用がないか知ろうとしてぼくにすばやく近づく。

母親と娘が同じベッドにいるらしい。

それはご老齢の元老院議員たちを今でも興奮させる。

ぼくはまだそこまでではない。

ふたりは互いの腰に手を回して立ち去る。

後ろからはもう、母親と娘の区別がつかない。


ぼくの横に座っている若者は、国際班の警官たちを詰め込んだライトヴァンが通り過ぎるのを見ている。警官が増えるほど、泥棒も増えるんです。なぜ？　とぼくは尋ねる。あの人たちは同じなんですよ。よく分からないんだけど。わたしたちを守る任務をになっている人たちは、自分が殺人者でないときは、暗殺者たちとぐるになっているんです。それじゃ、君たちは身を守るにはどうするんだい？

壁づたいに歩くか、家に閉じこもるかです。独裁者だけがこの国を救えるんです。で、君はいくつかい？　二十三歳です。きっと独裁者を知らないんだろうね？　ええ、でも何度でも言いますが、この国には指導者が必要です。さもないと完全な混乱ですから。どこが混乱しているっていうんだい？彼はぼくのことを呆然とした目つきで見る。ぼくにはむしろ秩序と見えるけれど。権力者たちがすべてを自分たちで独り占めしてしまうんです。弱者は何ももっていないので、残ったパンくずを求めて互いに食いあうんです。たとえ独裁者を任命したとしても、たんに事態を公認するだけだよ。ぼくはこの国には指導者が必要だと信じつづけます。今では、それぞれの地区が武装集団によって警備されていますが、彼らは互いに戦い、たえず住民を恐怖に陥れています。

ぼくたちは公園の中を少し歩く。君は何を勉強しているのかね？　政治学です。それで、君は独裁者を望んでいるんだね？　はい、そうです。この耐え難い状況以外なら、何でもかまいません。いつだって、独裁者を国際的な場に訴えるとか、打倒しようとすることだって、できるよ。ぼくが知っていた独裁者は、父親の時代と息子の時代を合わせると、一九五七年から一九八六年まで二十九年間続いたんだから。現在ぼくたちが見ているのはその遺産だよ。独裁者は彼らに正当性を与えるだけだろう。それに、秩序はある特定の集団を豊かにするのに役立つだけだ。混乱は別の集団が彼らの貸金の返済を要求するときしか訪れないよ。あなたはここにお住まいではないのですか？　モントリオールから来たんだ。わたしの知るところでは、そこには独裁者はいませんね。ああ、でも冬がある。それは別物です。もちろん、冗談だよ。彼の顔が曇る。あちらでは、冬はそんなにひどいのですか？　それを知るには、実際に行ってみなければならないね。ということは、主観的な問題なのですね？　むしろ民主的といったほうがいいな。誰もが堪え忍ぶんだから。誰も、というわけではないでしょう。逃げられる人は逃げるのですから。それはここも同じだね。金持ちは独裁の厳しさを知らない。いつかそこを一巡りしてみたいです。そこでは誰も一巡りなんてしない。ちょっとの予定で行って、一生過ごすんだから。

ぼくは彼を残して立ち去る。彼が今告発している連中と同じような終わり方をしなければよいがと期待しながら。しかし彼にはその適性がある。ある階級から軽蔑されているという感情、もっとも基本的な必需品も手に入れられないほどの深刻な経済的困難、それに加えて、ごく幼少の頃に孤児になってしまった者の孤独（性的な飢えもその構成要素のひとつだ）、そして美しい言葉遣いにたいする過度なまでの嗜好。これは「追放された者のむせび泣き」という詩を書いていたときの、若きフランソワ・デュヴァリエの状況からさほど隔たってはいない。この詩の基本的テーマは、のちに彼が政策綱要に作り上げるのに役立つことになる恨みの感情なのだから。

ぼくは学校で暗記させられた独裁者のこの詩を思い出そうとしながら散歩をつづける。

「しかしわたしの漆黒の肌の色が
夜の闇と混じり合った。
その夜、気がふれたようにおぞましいわたしは学生用の寒い部屋を後にした。」

これ以上言うことはない。

公園から少し行ったところに、小さな市場があって、お茶を売る女たちがめったに来ない客などそっちのけで楽しんでいる。彼女たちのひとりがいかにもそれらしい身振りをしながら猥談をしている。彼女はいちばん若い娘をばかにするように、その顔の近くで丸々と太った尻を踊らせている。他の女たちは茶袋に頭を寄りかからせて、笑みを浮かべながら見ている。ときおり、香しい空気の中にどっと笑いが起こる。

痩せた青年が
カーキ色のジャンパーを着ながら
長い銃を装填しようとしている。
彼の友人も
通りの向かい側の
スーパーで保安員の代役を務めている。
戦時編成の町だ。
ラップ・ミュージックに夢中。

マンガしか読まない。
パスタしか食べない。
昼は無口で、
夜になるとおしゃべり。
これがぼくの甥だ。

ぼくたちはわりと早く分かり合う。
彼を見ると、ぼくはあらゆるものが自分をいらだたせたころのことを思う。
ぼくは彼に説教することは控えて、
母親がよそ見しているときに
少しばかりのお金をそっとポケットに滑り込ませるに留める。
男の子にとっての金は
女の子にとっての香水と同じだ。
幸福感をもたらしてくれる。

大学のそばの小さな食堂のレジにいる若い女性は、ときどきぼくに微笑む。数人の学生が山のような飯をむさぼり食っているところだ。年配の給仕係が足を引きずりながら、ぼくらの皿をもってやってくる。みんな同じ料理だ（鶏の煮込み、白米、ジャガイモのサラダ）。うつむいて食べている。チェリモヤ〔熱帯の果物〕のジュースの大きなコップ。手の届くところにぼくの黒い手帳があり、自分の周りで動くものをすべて書き留める。ぼくの視線がつかまえる、ほんの小さな虫さえも。

ぼくが甥について好きなところがあるとすれば、それは彼が性急に話さないことだ。彼はここに到着してからまだ口を開いていない。しかし、開くときは本気だ。この辺りはあまり危なくなさそうだね。ときには危ないこともあるよ。ぼくたちがあまりおとなしくしていると、政府は学生と称する扇動者を送ってくるんだ。どうやってやるんだい？　やつらは警官より一週間先に到着する。すぐに首謀者を雇う。それから好機が訪れるのを待つ。月曜の朝、大学の中庭でタイヤが燃えているのに出くわすと、彼らが行動に出たことが分かるんだ。すると政府は、秩序を回復するためと称して、機動隊を送り込んでくる。テレビも干渉してくる。窓に陣取って、扇動者たちは公園の中に隠れている警官たちに向けて発砲するふりをする。最後にはひとりかふたり怪我させるけれど、けっして重傷は負わせない。でも、それで機動隊が突撃することが許されるんだ。そして五分後には戦車が到着している。で、君たちはどうするんだ？　以前は何も。我慢してつきあってた。でも、しまいにはからくりが分かったから、ちょっとした手を発明したんだ。今のところうまくいってるみたいだよ。燃えているタイヤを見たら、すぐにこっそり立ち去って、やつらだけでやらせておくのさ。向こうは、ぼくたちがまだ近くにいると思って、互いに撃ち合うんだ。幸い、ばかだからね。でもいつかは気がつくだろう。彼の抑揚のない声色が、ぼくをたじろがせる。彼は自分の身に降りかかるかもしれない事柄を、まったく重視していないようだ。ほんの少し、事態へのかすかな不安を示すこの微笑を除けば。どっちにしても、誰もここになんかいたくないのに、どうしてやつらはぼくたちの足を引っ張るために、こんなに奮闘しているのか分かんないよ、と彼は続けて言う。ぼくたちのことを見たくないなら、アメリカのヴィザを発給してくれるだけでいいのにね。そうしたら、この大学なんてまたたく間に空っぽさ。これらの若い学生たちは、ぼくの時代の学生以上に絶望しているように見える。とはいえ、あれはデュヴァリエだった。トントン・マクート。暗黒時代。野蛮な体制の残虐非道な警察だった。この苦々しい思いはもしかしたら、ベビー・ドックがいなくなれば変化が訪れるだろう、と彼らが信じていたせいかもしれない。希望が裏切られるのは最悪だ。

ポルトープランスにいたころ、ぼくはいつもキャンパス生活を夢見ていた。ぼくの主たる活動は、つまるところ、図書館に足繁く通うことだっただろう。それは黒人奴隷売買と、それが当時のヨーロッパ経済に与える影響について研究している女の子のせいだった。際限なく続く議論に無気力に参加したはずだ。庭のずっと奥のほうにある小さな映画研究会で上映されるワイダ〔一九二六―、ポーランドの映画監督〕やパゾリーニ〔一九二二―一九七五、イタリアの映画監督〕の映画が引き起こす、際限のない議論に。『ディープ・スロート』〔ジェラルド・ダミアノ監督のポルノ映画〕を一年生に禁止した学長にたいする非難。そして『戒厳令』〔コスタ・ガヴラス監督によるフランス映画〕のフィルムを没収した政府にたいする激しい抗議。大事な試験の前日に、図書館の女の子と最初のキス。そして、彼女と自分の将来とのあいだで、いつもどちらかを選ばなければならないという感覚。それに、選択がどちらだったにしても、人生をあやまるだろうという感覚。

カリブの昔の風

母がぼくを脇に呼んで
一枚の小さな写真をくれる。
そこには妹を膝にのせた父の姿が見える。
そして父の横に立っているぼくも。
妹は泣いている。
父とぼくは同じ深刻な顔をしている。

この写真は父の「戦友」が撮ってくれたものだ、と母はぼくに語る。このひとときをもっと陽気な思い出として残すために、写真を撮り直そうとしたそうだ。といっても、父と友人はレジスタンスに合流する前に慌ただしく家に立ち寄ったのだから、そのひとときそのものが悲しかったのだが。妹はその午後、泣き止むことがなかった。

このときのことを思い起こしながら、母の声はさらに優しくなった。父の友人はジャックという名だった。とても快活な若者で、ギターを弾き、踊るのが大好きだった。写真撮影の後、当時流行っていたスペインの歌に合わせて、台所で母を踊らせた。彼らは将軍＝大統領の部下たちに捜索されていたので、夕闇に紛れてまた出ていった。その後、母は、ジャックがつかまって監獄で死んだことを知った。

いくつもの政治体制を経験した人は、幸福な時代を想起するか、それとも不幸な時代を想起するかで機嫌が変わる。幸福な時代は、熱帯の雨のように、短くて強烈なのが特徴だ。その後にはしばしば長いトンネルが続き、何十年ものあいだ光が見えない。体制が変化し、今の若者たちが通りで浮かれているのを見ると、母は悲しい表情になる。彼らがまもなく幻想を捨てることになるのを、そしてこの歓喜の瞬間が彼らにとって高くつくことになるのを知っているからだ。しかし、母がいつも言っているように、「これだけでもたいしたものだ」。

母が簞笥の中で何か探している。
ずっと奥のほうに
ぼくに似た青年の
白黒写真が一枚見える。
両親が一緒に写っているたった一枚の写真だ。
ふたりが出会ったころのものだ。

この写真を見ると、と母は言う。
夫ではなくて息子といるような気がするわ。
母が自分の夫を最後に見たとき、
夫はまだ二十代だった。

母はぼくが向こうでどうやって生き延びたか尋ねる。この問いに、ぼくは不意をつかれる。母がこんなに断崖絶壁に近づくのは、これが初めてだから。ぼくはいい生活をしているように見えるけれど、母はぼくが成功したかどうかなんて興味ない。母が尋ねているのは、どう過ごしたか、ということだ。どう、って？　ぼくにはすぐ分かった。新しい国で自分の居場所をつくるためにぼくが乗り越えてきたさまざまな困難について語ること、要するにジャーナリストに話すようなごたまぜな話を、母が期待しているわけではないということが。母が知りたいのは、ぼくがそれをどう体験したか、ということだ。母はぼくの返事を待っている。これはぼくが長いこと避けてきた問いで、ぼくがここにいるのは、ある意味ではそれに向かい合うためなのだ。このような深淵の底に一緒に降りていくことを要求するのは、母親しかいない。

たぶん十歳だっただろう。
祖母のもとを離れて
ポルトープランスの母のところに戻ってきたばかりだった。

マットレスを買ってもらうまで、
最初の数日、ぼくは母と一緒に寝ていた。
母は歯痛に苦しんでいた。
ぼくを起こしてしまうのを恐れて
そっとうめいているのが聞こえた。
薬を飲んだら、と勧めると、
この小さな苦痛があると
もっと大きな苦痛のことを考えずにすむのだ、と答えた。

妹が仕事から戻る。
それぞれがこぞって何か尋ねようとする。
妹はそれをかわして、雑誌をもって
トイレに逃げ込む。
ページをめくる音が聞こえる。
そして妹を生(なま)でむさぼるために、
出てくるのをうずうずして待っている家族。
これほど飽くなき好奇心。

ぼくは母と共にヴェランダにいる。母は、一見とても陰鬱だが、じつはとても豊かな自分の世界を見せてくれる。母は午後、いつも同じ時間にここで会う約束をしている二羽の鳥のことを知っている。母の死んだ兄弟姉妹の名前をつけたトカゲたち。ジャン、イヴ、ジルベルト、レーモンド、ボルノ、アンドレ。死んだか、亡命したかだ。こうすれば、兄弟の名前を覚えておけるから。そうしないと、名前を忘れて、一緒に顔も忘れはじめてしまうわ。こうして母の人生の重要な一面が消えていくのだ。母は風にまで名前をつけている。昼寝の時間に彼女をまどろみへと誘う、とても優しいそよ風。新しい世界が現れるのを見るには、沈黙するだけで充分だ。もっとも小さなものまで生気を帯びる。母は、ときにはいそいそとそれらを見に来る。しかしあるときは、人生にたいする怒りがあまりに激しいために、こんな幻想を拒否して、一週間も部屋から出てこない。それからまた戻ってくる。すると、それらはみんなそこにいる。待ちくたびれた様子も見せずに、彼女が戻ってくるのを待ちながら。母はぼくのほうを振り返って、こっそりと言う。あの生き物たちはわたしたちの絶望を感じとったときしか姿を見せないのよ、と。

ベナジール・ブットの死

ぼくはトイレに入っているときに、ベナジール・ブット〔一九五三―二〇〇七、パキスタンの元大統領〕の訃報を聞いた。断続的に襲ってくる下痢による最後の発作だった。別の部屋からBBC放送パキスタン特派員の甲高い声が、ベナジール・ブットの名前をしきりに連呼しているのが聞こえてきた。通常、公人の名前がひとつの文で三回以上繰り返されると、その人がたった今死亡したところで、しかもそれが非業の死だったことを意味する。ジャーナリストのコメントが終わらないうちに、続けざまに爆発音が聞こえてくる。叫び声。サイレン。ものすごい喧騒。ひどい下痢が再発したために、ぼくはその場を離れられない。今や群衆の騒音がジャーナリストの声をかき消してしまっている。この瞬間、ほとんど世界中で、みんなが驚いているのだろうと想像する。彼女の死ほど予測可能だったものはないにもかかわらず。

政治において、ある意味で、サイコロにいかさまの細工が
いつも施されているわけではないという印象を与えるのが
中東だというのは不思議だ。
かの地ではまだ命が危険にさらされる。

ここでは、うしなう危険があるのは
名声だけだ。

この流血事件で
ぼくを感動させたのは、
ベナジール・ブットが
葬儀のために
ラルカナの生まれ故郷に帰ったことだ。
人は最後には、生きていても死んでいても、
故郷に戻るものだ。

人はどこかで生まれる。
ひょっとしたら
世界を一周するかもしれない。
「方々(ほうぼう)を見て回る」と言われているように。
ときには何年もそこに滞在する。
しかし、最後は、出発点に戻るのだ。

木造の部屋。
広大で人口の多いパキスタンを
指導しようとしたベナジールは、
窮屈そうにそこにいなければならない。
ひとりきりで。
部屋はぴったりの寸法にあつらえられてはいるが。

極西部地方（ファー・ウェスト）

ホテルに戻る途中、マンゴーの木の下で石塀にまたがっている五人の少年とすれちがった。彼らはカウボーイとインディアンのまねをして遊んでいた。四十年前、ぼくはインディアンのグループにいた。トマホーク〔北米先住民が用いた戦闘用の斧〕を振り回しながら丘を降りたものだ。カウボーイたちは乗合馬車の陰でぼくたちを待ち伏せていた。最後の瞬間に、彼らはぼくたちが鳥のように飛んでいるところを撃ち落とすのだ。ある午後ぼくは、ばかみたいにさらし者になるのは嫌だ、と言った。インディアンはカウボーイより土地をよく知っていて、その経験を使わない理由はまったくない、と言い張ったのだ。すぐカウボーイにしてもらえた。だから、抗議するインディアンはカウボーイなのだ。そのときぼくは、カウボーイであるかインディアンであるかは、ゲームの主催者の気分次第なのだということを悟った。あるいは物語の語り手の。他人が自分に与える地位に不平を言うべきではない。自分が好きな地位を受け入れさえすればいいのだ。小さな欲求不満こそが、歳月の中で蓄積されて、いつか、ついに溢れ出して血みどろの暴動になるのだ。

ある友人が不意にぼくを訪ねてきて、

一晩中おしゃべりをした。
かの地では、いつも電話であらかじめ会う約束をしなければならないので、
そんな習慣からぼくの気分を変えてくれる。
人生からあらゆるサプライズを排除した結果、
ついには、そこからあらゆるメリットも取り除かれてしまうだろう。
そして知らないうちに死んでしまうだろう。

ぼくはここのすべてがよくて
あちらのすべてが悪いと
感じているように見える。
これは振り子が戻っているにすぎない。
というのも、かつて
ここのすべてを憎んでいたことがあったのだから。

人間というものは、どんなものであれ、
あまり長いあいだ隠しておくことはできない。
彼らがぼくらの前でむき出しになるには、
彼らの生活を見ているだけでいい。

セックスと権力のカクテルを一杯
それで彼らはもう泥酔状態だ。

ぼくは甥と一緒にすでに見たドキュメンタリーを見ながら自分の部屋で呆然としている。地方局で再放送しているのだ。こういう物語の成功の秘密は、暴力に加えて、明快なことだ。輝く太陽、埃っぽい道路、それに、ひとりの若い女性への愛のために殺し合おうとするふたりの兄弟。西部劇だ。死はここでようやく美的な形態を見出したのだ。

上半身は裸、ジーンズをはいて。
手には銃。
トゥパックの大写し。
シテ・ソレイユの若きプリンスだ。
彼の残虐な笑いは、
山の中腹にある
金持ちの家に監禁されている
若い娘たちのバラ色の性器をくすぐるはずだ。

風景よりも

顔に
関心が寄せられる
地方の伝説はめずらしい。

最後の映像はこんなだ。
勝負はついたと伝える音楽。
一日の最後に訪れる死が、
これらの若者をシテの英雄にするだろう。
この物語は、ぼくをこの国の始まりのころに連れ戻す。
ぼくらの英雄たちは、たそがれ時の金色に輝く埃の中を
裸足で進んだものだ。

心をとらえる音楽が遠くに聞こえている。
人びとが酒を飲み、
異性とつきあい、踊り、笑っているのを想像する。
この宴から遠くないところで、
仰向けに倒れたひとりの男が
天の川の中に自分の道を探しているとは、誰が信じられるだろう?

五十五歳になれば、知り合いの
四分の三がすでに死んでいる。
このような国では半世紀というのは
超えるのが難しい境界なのだ。
彼らはあまりに早く死に向かうので、
平均あと何年生きられるかではなくて
死ぬまであと何年あるか、について語るべきだろう。

たとえ弾丸にあたらずとも。
たとえひもじい思いをせずにすんでも。
病が不足することはないだろう。
闇の中で顔をしかめている
邪(よこしま)でいたずら好きな神々に選ばれれば、
三つは同時にやってくる。

夜の初めの眠りの中で、
薄暗がりの中を猛スピードで走っていく

このスポーツカーはいったいどこに行くのだろう、とぼくは考える。
エンジンの爆音は
袋小路の壁まで続く。
そして、ぼくの耳から判断するには、
若いブルジョワ青年が
父親の金ではけっして買収できない
情け容赦ない神と出会ったらしい。

ぼくはそこで
既視感のあるものを見ている。
たとえじっさいにはそれを見なかったとしても。
そして既知のことを反芻している。
これほど熱に浮かされた感じがするのに、
不思議と動けない感覚。
ネコ科の動物が飛び跳ねる前の
一瞬なのだろうか？

五七年型ビュイックに乗った元革命家

展覧会のオープニングで出会った高齢の医者（元公共事業大臣）が、ペチヨンヴィルをさらにのぼった所にあるケンスコフの自宅にぼくを誘ってくれた。ぼくたちは少し前から闇の中を走っている。手入れの行き届いた五七年型のビュイックはカリブのロールス・ロイスのようなものだ。わたしは四人組のジェラールです、と彼はぼくのほうを向きながら言う。君のお父さんのとても親しい友人でした。ぼくがうつろな目をしていたので、彼はすばやく、ぼくが父の生活について大したことは知らないのだと悟る。彼はそのことにほとんど驚かない。わたしたちは離れることのできない四人組でした。君のお父さんはもちろんのこと、ジャックと……。その人のことは聞いたことがあります。もちろんですとも、と彼は急に悲しげになって言った。わたしたちの中でいちばんいいやつでしたよ。母は彼のことが大好きでした。ジャックはマリー〔ダニー・ラフェリエールの母親の名〕の友人でしたが、お母さんはぼくのことを注意深く見張っていましたよ。なぜですか？　わたしにはガールフレンドがたくさんいたので、彼女たちをお父さんに紹介するのではないかと思っていたんですよ。ウィンザー〔ダニー・ラフェリエールの父親の名〕のほうも、たくさん取り巻きがいましたけどね。そして最後のやつがフランソワでした。彼も亡くなったんですか？　いいえ。田舎に逃げ込みました。あんなに優秀だったやつが、農夫みたいになったんです。わたしにはもう、この国のことが何も分からなくなることがありますよ。まるでわたしたちの中には自殺に駆り立てるウィルスがあるみたいです。近代にはいることができないのです。何年ものあいだ毎日会っていて、よく知っていると思っていたやつが、突然、守護神がそう要求しているから闇に戻らなければならない、と告げるんですから。フランソワの場合、そうだったんですか？ ヴォドゥ教のせいかどうかは分かりませんが、彼の場合はなんともったいないことだったでしょう。で、彼は今どこで生活しているんですか？ わたしが最後に彼を見かけたのはアルティボニット県〔ハイチ一の米作地帯〕でした。そのころ、米作に関心を寄せていました。わたしが岬（カップ）に行く途中で、腰まで水に浸かっている農夫を見かけたんです。車を止めてみると、フランソワでした。彼ならどんな政府のもとでも農業大臣になれたのに。わたしは、彼がポルトープランスに戻れるように、あらゆる手を尽くしました。お分かりになりますか。彼はブレヒト〔一八九八―一九五六、ドイツの劇作家〕やジュネ〔一九一〇―一九八六、フランスの作家〕がめっぽう好きだったんです。しかし、誰もが納得ずくで人生を送るもんなんですな。フランソワさんは今クロワ＝デ＝ブーケ〔首都から一三キロ北東〕にいらっしゃいます、と運転手がいう。ああ、分かってる、と少しいら立ちながら元大臣はいう。養鶏を営んでいるそうだ。五七年型ビュイックは夜の中を突き進んでいく。運転手は亀裂を知り尽くしていて巧みに避けるので、まるで完璧な道路を走っているように感じられる。

ペチヨンヴィルに近づくにつれて
娘たちはどんどん若くなるように見える。
スカートがますます短くなる。

視線にますます力がこもってくる。
シテ・ソレイユのギャングたちの戦いと
同じくらい獰猛な戦いだ。

町がジャングルになり、
夜が安全でなくなると、
いつでも娘たちは
高い代償を払ってきた。
飢えた男たちは
通りがかった
誰をも容赦しない。

遅い時間だったが、デルマの道路を回り道してフランケチエンヌ〔一九三六―、ハイチを代表する画家、詩人、劇作家、音楽家〕に会いにいく。医者は彼の最新の手法による絵を一枚、彼から買いたがっている。フランケチエンヌは蒐集家を破産させてしまいかねないほど多作な芸術家だ。彼は大騒ぎしてぼくたちをもてなすので、街全体を起こしてしまったにちがいない。洞窟の人食い鬼だ。医者が褒めているにもかかわらず、フランケチエンヌは自分のコレクションの中から彼に一枚絵を売ることをためらっているようだ。裕福な医者は金なら奮発するからと明言するが、画家は首を縦にふらない。コーヒーが出される――フランケチエンヌは病気をしてから、アルコールは飲まないのだ。彼は現在、小説を書いていて、大きな仕事机の上には分厚い原稿が雑然と広げられているのが見える。彼にあってはすべてがあふれ出しているのだ。上半身は裸。旺盛な食欲。熱湯をかけられたロブスターのように赤い顔。文学と絵画に取り憑かれた人間の、歯止めのきかない熱狂。彼は数千の絵を描き、最初の小説である大作『ウルトラヴォーカル〔声を越えて〕』は四十年来、三十冊ほどに増殖している。人食い鬼はこの都会の喧噪以外のところでは生活したことがない。アルファベットの文字よりも音符に近い、分かりづらい記号を書き殴った大量の紙を目の前にして当惑しているぼくを見て（彼は完全に独創的な本を書くために語彙も文法も発明することができるだろう）、彼はぼくに次の作品はオペラ小説なのだと言い放つ。そのとき、オペラ小説って何ですか、と隅っこのほうでうとうとしているように見えた運転手が尋ねる。フランケチエンヌは突然彼のほうに振り返る。そんなことをあえて尋ねたのは、あなたが初めてですよ。ほかの人たちは知ったかぶりをしますからね。説明はできないが、本が完成すればお分かりになるでしょう。さしあたり、絵を一枚プレゼントさせてください。彼は倉庫に潜り込んで、とてつもなく大きな絵とともに戻ってくる。きっと車には入るまい。彼は額をものすごい力で分解するので、ほとんど画布を傷つけんばかりだ。そしてその絵を、蒐集家の医者が呆然としている目の前で、五七年型ビュイックのトランクに放り込む。医者のほうは、手ぶらで、ポケットにはまだお金をたっぷり入れたまま帰っていくというのに。

国道で必死の形相の女性が、止まってくれ、とぼくたちに合図する。医者は止まらずに行くようにと運転手をせき立てる。旅人から金品を奪う街道筋の追いはぎと最後のご対面のようだ。あの女は、茂みに隠れている盗人たちが獲物をおびき寄せるための餌なんだ。でも、もし本当だったら？　本当に助けが必要だとしたら、だって？　後で新聞を読めば分かるだろう。

芝居が本当らしく見えるように、
気の毒な女を誘拐する。
山腹に豪邸をもっている者の
贅沢な車の一台を
うまく罠に陥れられたら
自由は約束してやる、といって。

「ヌヴェリスト」紙でこの女性の悲劇的な話を読んだ。彼女は事故の後、息子と一緒にふたたび国道沿いにいた。誰も止まってくれなかった。息子は出血多量で死んだ。母親は気が変になり、その後何か月もドライヴァーに、助けて、と頼みつづける。この荒涼とした地域に根城をかまえた殺人者たちまでが、彼女のことを避けている。彼女と視線を交わすのを恐れているのだ。

われわれに銃を向ける
一本一本の腕にたいして、

果実を差し出す一つの手がある。
一方の軽蔑的な言葉はすべて
他方の微笑みによって消される。
これらの両極のあいだで
われわれは動きがとれない。

七十歳で美術館に住む方法

ペチヨンヴィルの明かりが遠のく。
すでにわらぶき屋根の農家が
風で消されそうなランプに
照らされている。
ぼくに必要なのは
窓から
緑の田舎が見渡せる
小さな部屋だ。
そこなら、かねてから思い巡らせている本を
書けるだろう。

ぼくたちは黄土色をした、舗装されていない道路に入っていき、
赤い柵の前で止まる。

召使いが目をこすりながら出てくる。
家畜の代わりに三台の車が
すでに中庭で眠っている。
ここでは医者とその妻が
何人もの召使いと暮らしているだけだ。
子どもたちは地球上に散り散りになっている。

この男は正真正銘の美術館に住んでいる。ハイチの主要な画家たちの作品で満たされた三つの客間。創始者であるウィルソン・ヴィゴー、ブノワ・リゴー、カステラ・バジル、ジャスマン・ジョゼフ、プレフェット・デュフォー、アンゲラン・グルグ、フィロメ・オーバン、それにエクトール・イポリットも一枚ある。セドール、ラザール、リュース・チュルニエ、アントニオ・ジョゼフ、ティーガの世代、そしてジェローム、ヴァルサン、セジュルネのような現代画家たち。ルヴォワ・エグジル、ドゥニ・スミット、ルイジアーヌ・サン＝フルランといったサン＝ソレイユのグループのものもある。ひとつの部屋はフランケチエンヌ専用だ。ほとんど全世界がそこにある。医者はにこにこしながらぼくの後からついてくる。ぼくは画家の選び方に感銘を受け、また、いくつかの作品の選び方にも興味をそそられる。そして展示のしかたには、なおいっそう。夜のあいだ、彼らの対話が聞こえてくるようだ。なぜサン＝ブリス〔一八九八―一九七三、サン＝ソレイユの中心的画家〕が一枚もないのですか？　彼はうなだれる。妻がサン＝ブリスのことを怖がるのです。サン＝ブリスの作品のほとんどは身体のない頭部で、それが妻を怖がらせるのです。以前、サン＝ブリスの小さな絵を一枚もっていたのですが、不幸にもそれを寝室に飾ってしまいました。妻が夜中に目を覚まし、闇の中で光っているその絵を見て、気が違ったようにわめきだしたんです。すぐにはずして廊下に飾ったのですが、さらに悪いことになりました。妻は寝室から出るのを拒むのです。手洗いに行くのにさえ。おかげで、たった一枚もっていたサン＝ブリスを二枚のセジュルネと交換しなければなりませんでした。重要な作品を手放さなければならない蒐集家の気持ちなんて、想像できっこありませんよ。ええ、わたしは諦めたんです。一杯どうですか？

小さな客間に移動する――といってもそれは言葉の綾で、部屋は通常の客間のどれよりもはるかに大きかった。魔法のように、ふたりの召使いがハムやソーセージを載せたお盆をもってあらわれる。ぼくは客のもてなし方を心得ている金持ちが大好きだ。ぼくたちはチーズ、ハム、パテ、スモークサーモンを食べる。ラム酒、ワイン、ウィスキーを飲む。これほどの豊かさがいったいどこから来るのか、彼に尋ねる勇気はない。何を考えているか分かりますよ。父の友人だったとしたら、あまり裕福ではなかったわけですよね。彼は笑い出す。わたしたちは飯が食えるかどうか、まったく分かりませんでしたよ。でも君のお父さんはもっとも困難な障害を乗り越えました。生意気な若者たちが常に気を引こうとしていた裕福なご婦人たちにおごってもらえたのです。君のお母さんは、わたしがお父さんのことをそれらのご婦人の腕の中に押し込もうとしているのではないかと疑っていました。けれどもプレイボーイは彼のほうで、しかも立派なプレイボーイの常として、自分自身はけっして誘惑しようとしていなかったのです。ときには通りがかりに嵐の種を蒔（ま）いていることを知らないこともありました。

わたしは何度彼に、ある女性が彼のことを食い入るように見ているよ、とこっそり知らせなくてはならなかったでしょう。彼は政治のことしか頭にありませんでした。というか、彼の思想を広めることしか、と言いましょう。彼にとっては、あらゆる女性は自分の政党の将来の女性闘士にすぎなくても、女性たちのほうは彼が放つエネルギッシュな力にうっとりしているようでした。私たちがひきつけられていたのは彼が灼熱しているところだったのです。いろいろなことを経験しましたよ。でも、そんな話題には関心ありませんよね……。ぼくは何も期待してなどいません。二十歳のときに父を知っていた人の話を聞くことができれば、それでいいんです。ことの真相は、君のお父さんが、マグロワール将軍〔一九〇七―二〇〇一?、一九五〇―五六ハイチ大統領〕のことを嫌っていたということです。将軍は憲法に背いて、権力の座にしがみついていました。わたしたちは監獄と地下組織のあいだを行ったり来たりしていました。その後は？　結果は惨憺たるものです。ジャックは死に、君のお父さんは亡命し、フランソワは田舎に引っ込んでしまいましたから。わたしだけがその場に残ったんですが、ポルトープランスで何をしたか分かりますか？　金儲けですか？　いいえ、そんなにあわててはいけません、と笑みを浮かべながら彼は言う。まずは政治です。革命ですか？　革命は二十歳のときにしました。沈黙。わたしは十五年間、通産大臣を務めたんです。金儲けにはよいポストです。ダウンタウンの商人のほとんどは、じっさいは密売人で、闇取引に目をつぶってもらうために四六時中、大臣に付け届けをしているのです。

　わたしは片方の目だけつぶって、もう片方はいつも開けていました。だって、これらの商人は、事態が悪化しはじめるや、遠慮なく人を告発しますからね。

その後、ふたりきりで話すために、彼はぼくを書斎に連れていった。先日の暴動以来、召使いに用心しているのだ。家の他の部分とはちがって、そこはかなり質素な場所だ。彼はそこで数々の大成功を準備するのだ。互いの膝が触れるほど自分の肘掛け椅子をぼくのほうに近づける。ぼくのグラスにラム酒をなみなみと注ぎ、自分にもたっぷり一杯注ぐ。わたしはいくつかのことを君に話しておかなくてはならない。君は理解していないようだが、三十年以上も留守にしていたのだから、それも当たり前だ。君にとっては、現在は別の体制下にある。君が知っていた体制は倒れ、その子どもたちは外国にいる。だが、彼らと交替したかつての敵方は、彼ら以上にひどい。彼らは失望し、飢え、くたばる前に残らずかっさらうことができないと思ってうろたえている。じっさいは、彼らは操り人形にすぎず、闇の中で操っているのは別の人間たちだ。この国の本当の主人は、けっして目に見えないんだ。彼らにしてみれば、これは断絶のないひとつの、一続きの出来事だ。彼らは植民地時代が終わったときから慎重に構えている。いつだって同じ話なんだ。あるグループが別のグループと入れ替わることの繰り返しさ。君がもしも過去、現在、未来があると信じているなら、それはとんでもない思いちがいだ。金は存在するが、時間は存在しない。彼はラム酒をゆっくり一口飲む。血走った眼でぼくを長いこと観察している。君のためにしてあげたいことがある。ウィンザーはわたしのいちばん親しい友人だったからな。わたしの車を運転手付きで君に貸してやろう。そうすれば、君が久しく見ていなかったこの国の中を、安心して回ることができる。ああ眠くて倒れそうだ。さあ、おいとまさせてもらって、子どものころの怪物と対決しにいくとしよう。

自分を神だと思う人びと

ぼくは、歳のせいですぐいら立つおばたちや、
酔っ払った司祭に祝別されたロザリオで
満ちた家で
退屈していた甥を
一緒に連れていくことにした。

大勢の妊婦たちとすれ違う。
つぎつぎと新生児が生まれ、
年寄りはひそかに
墓のほうへ追いやられる。
幼なじみの葬儀に
出席するため、五十歳から
喪服を手元に置いておく。

アートセンターの柵が開いている。
絵を見るより
画家たちに会いたくて
十七歳くらいのときによく通ったところだ。
今朝はミュラ嬢しか見かけなかった。
彼女は昔からずっと館長だ。
嘲笑的なまなざしでぼくを迎えるが、
時折あきれるほど無邪気な笑みをもらす。
絵に囲まれて生活しすぎたせいで、
彼女は小説の登場人物のようになってしまった。

ぼくはアートセンターの、人のいない薄暗い部屋の中を歩き回る。
まるで、床がきしむこの木造の建物の中でしか
生き生きとしてはいられない多くの絵を
あえて持ち去ろうとせずに、
借家人がたった今、家を明け渡してしまった、という印象だ。
ぼくはそこで、不気味だが温かみのあるロベール・サン＝ブリスや

ジャン＝マリー・ドゥロ〔一九二九―、フランスの作家〕の背が高くて丸ぽちゃの少年とともに、
ミュラ嬢が淹れてくれた
コーヒーを味わった。

ある日、なんの痕跡も残さずに消えた
この画家の薄紫色（モーヴ）の絵の中を
うろつく犬の視点から
物語を書いてみる必要があるだろう。
それはひとりの人間なんて、パパ・ドックの黒い帽子の中の
一匹のウサギ程度のものでしかなかった時代のことだ。

ぼくは、すれ違いざまに、祈りを捧げている小さな人だかりに気づく。
地元で、何の神秘的魂胆もなしに
イエスと呼ばれている者の信徒だ。
彼はまるで、
街角で
よくすれ違うやつ
のようだ。

人びとは彼にあらゆることを期待しているとしても、
結局のところ、ほんの少しのもので満足する。
ほんの小さな思いがけぬことも
奇跡として迎えられるのだ。

精神的な安定が得られるのは、
人びとが眉をひそめることなく
カトリックの聖人からヴォドゥ教の神に乗り換えられるからだ。
ある願い事を聖ヤコブが
かなえてくれないと、
人びとはすぐにオグー〔鍛冶屋の神〕に同じことを頼む。
オグーは、信徒たちが教会に入れるように
司祭が彼らに
ヴォドゥを否定せよと命じたとき、
聖ヤコブに与えられた秘密の名前だ。

これほどたやすく神々を迎えるのは、

人びとが自分たち自身を
神だと信じているからだ。
さもなければ、彼らはすでに死んでいるだろう。

人びとが毎朝
一杯目のコーヒーを飲みながら
互いに夢の話をし、
昼間は夜のたんなる延長にすぎないものにしてしまうこの地方で、
旅人は、死にたいするこの心穏やかな確信は、
時間が生をはかる物差しにならないことに
由来するのではないか、と考える。

やっと九歳になるこの少女は
自分自身は食べずに
弟に食べ物を与えている。
これほど早く成熟してしまうのはなぜなのか？

バナナの木の下に座っている男

ぼくは人口の多い郊外のカルフールにある、画家ジャン゠ルネ・ジェローム〔一九四二―一九九一〕の小さなアトリエに行くのが好きだった。彼が耳の隅に赤い花をつけた、身体の曲線がきれいな女たちを描いているのを、何時間も見ていたものだ。彼はこれで自由気ままな生活の費用をかせいでいた。仕事は速く、ほとんどカンヴァスに目もくれなかった。海が遠くなかったので、昼頃ぼくたちは海辺に魚を食べに行ったものだ。彼の奥さんが何年も経ってから一枚の小さな写真を送ってきた。そこには、絵と貝殻と埃をかぶった彫刻でごった返したアトリエで、ぼくたちがコーヒーを飲んでいる姿が写っていた。今になってみると、写真の中のぼくはとても若く見える。ぼくたちがどんな話をしたか、思い出せない。陽気でしかも官能的な女たちを描きながら彼が踊っているのを見るのがとても楽しかったことだけを覚えている。大事なカンヴァスのときは、彼は隠れて描いたものだった。

遠くのあの霧は
こちらにやってくる雨だ。
すでに雑踏が。人びとは辺りかまわず走っている。

日常的に
病気や独裁や飢餓に
直面している人びとが、
濡れると思うとこんなにうろたえるのはなぜだろう？
ぼくは、雨に向かって歩いている
あの農夫の晴れやかな顔を、心にとどめておく。

ミサから帰ってきたらしい老人のために、ぼくたちは道路の脇で車を止める。どちらへいらっしゃるんですか？　病気の友人に会いに行きます。すぐそこの曲がり角のところです。どうぞお乗りください。早く着けますから。もう着いたも同然です。ぼくがぜひにというので、彼はようやく車に乗る。車は慣れていないんですよ。自分自身が車みたいなもんですから、と彼は自分で自分の冗談に笑いながら言う。ええ、でも、急いでいるときは、役に立つこともありますよ。はや足で歩く以上に急がされなければならないことなんて、あるとは思えませんが。ここで降ろしてください。ぼくは彼がくねくねとした小道を行くのを見る。

あの人はきっと山の向こう側まで行きますよ、と運転手は薄笑いを浮かべて言う。山頂に到着しても、まだたっぷり一時間は歩かなくてはならないでしょう。でも、なぜ、どこに行くのか、ぼくに言ってくれなかったんだろう？　わたしたちとは住む世界がちがうのでしょう。

出発点に戻るということは
旅は終わった
ということだろうか？
動いているかぎりは死なない。
しかし自分の村の柵を
一度も越えたことのない者は、
旅人の帰りを待っている。
出発した甲斐があったかどうか
推し量るために。

貧しい農民は政府から何も期待せずに
税金を払っている。
平穏に生活させてくれるのなら
それだけでも、もうけものだ。
国家は無言で批判されるのを好まない。
ぼくは農民が畑でかがんでいるのを見て、そう思う。

ポルトープランスの古い大聖堂のそばで、ぼくは画家ラザールの長いインタビューを掲載した雑誌を買った。彼は人生の大半をニューヨークで過ごしてからハイチに戻った。ポルトープランスにはほとんど立ち寄らずに、数人の友人に挨拶しただけで、バナナ園の奥にぽつんと建った小屋に向かった。ほとんど宗教的ともいえるその写真が、ニューヨークでの彼の孤独な生活に啓示を与えたのだ。ある朝彼は、これが寒くて厳しいこの町での最後の一日になるだろうと予感しながら、汗ぐっしょりで目覚めた。その日のうちにハイチに戻らなければ、きっと酸素不足になるだろうと感じた。パスポートだけもってチェイズ・マンハッタン銀行に行き、口座を空にしてから、これが最後になるであろうタクシーでケネディー空港に向かった。夕方にはもう、六〇年代初め、彼と同様に世界を変革することを夢見ていた画家や詩人たちの古いグループの生き残りとともに、ペチヨンヴィルの小さなカフェにいた。しかし、ニューヨークでの長年にわたる鬱状態において彼を生かし続けてきたこのあばら屋をふたたび見るまでは、彼の旅は終わっていなかった。雑誌の写真には、上半身裸でバナナの木の下に座っているラザール、そしてずっと奥のほうには、青い窓のついた小さなわらぶきの家が見える。

しばらく前から何も見えない。
トラックがぼくたちの前で
白い埃を舞い上げている。
ぼくたちの後ろには
砂を一杯に積んだトラックの長い列。

甲高くて執拗なクラクション。
しつこい埃を吸い込みすぎないように
窓ガラスを上げる。

何時間か走った後、車を道路の端に寄せなければならなかった。ボンネットの下から煙が出ていた。運転手は空瓶をもって、このはげ山の中腹に住む農夫の家に水をもらいに行った。この乾いた土地では水は貴重だが、運転手が頼まないうちに与えられた。農夫は、家族と一緒に降りてきて、車を押すのをお手伝いしましょう、とさえ申し出た。夕方じゅうずっと、運転手はモーターについた埃をひとつひとつ取り除いて過ごした。すでに夜。男はわたしたちに、お泊まりになってください、と申し出た。ぼくたちはこの闇の中で迷子にならないように、手をつないで山をよじ登った。

ぼくたちが眠った家には
屋根がなかった。
ぼくは天の川を散歩しながら夜を過ごした。
そして、大熊座から遠くないところに
初めて見つけた
目立たない星の中に、
祖母の姿を認めたように思う。

海に面した窓

右には地肌があらわになった山々、
左には巨大なサボテン。
舗装された道路は、遠くから見ると、
静かな湖のような印象を与える。

かつて家畜を屠殺場に
運んだトラックは、
今では人間のために使われている。
彼らは顔を埃でおおわれ、
口の中を蚊でいっぱいにしながら、
立ったままで旅する。

ぼくが子どものころ、

いちばん怖い夢を
見させた
あの断崖絶壁にさしかかる。
現実はずっと控えめだ。
曲がり角で、反対方向からやってくる
赤いトラックの甲高いクラクション。
子どもじみた恐怖がよみがえる。

一度ポルトープランスに行った農民たちは戻ってこないので、国道は一方通行なのかと思われるほどだ。彼らはまず首都の中心部にあこがれるが、すぐに、すでに人口の多い周辺部に押し出される。そこでは、少なくとも刀剣を身につけずに生き延びることはできない。

ある数以上になると、
人間の命はもう同じ価値をもたない。
砲弾の餌食〔一兵卒のこと〕あるいは
悪事の手先として使われる。
一般化した汚職と
日常的な殺人のあいだで、

自分自身の手をそれほど汚さずに
出世できる者がいる。

かなり遅くなってから幸町（ヴィル＝ボヌール）に到着する。
そこにはふたりの処女が君臨している。
キリスト教の処女は
無原罪聖母という名だ。
そして、彼女の双子の妹で、ヴォドゥ教の万神殿に鎮座するのは、
エズュリー・フリーダ・ダホメー〔ヴォドゥ教の愛の女神〕だ。
渇望する処女たち。
一方は血を。
他方は精液を。
運転手は一方から他方へ行く。

道路の端に
今にも倒れそうな
小さなホテルを見つけた
そこで夕食をとることができた。

ベッドでは南京虫がぼくたちを待っていた。

ニューヨークに行ったことがあると自慢するこの女性に、
ぼくたちがほしいのは冷たいフルーツジュースだけで、
熱いコカコーラではないということを
どうしたら分かってもらえるのだろうか？
彼女にとって、地元の果物は
貧乏人と豚にしか適さない。

顔に傷跡があって、
ぼくたちには不気味に見えたこの若者は、
じつはとても穏やかな人間だということが分かった。
傷は彼の畑で現場を取り押さえられた
泥棒によるものだった。
このようなことはしょっちゅう起こるので、
ぼくたちは犠牲者と加害者を混同したのだ。

この狭い場所では

すべてが奇跡だ。
まずは、存在しているという事実そのものが。

ポルトープランスのそばのダミアンで
この若者に農学の勉強をさせてくれたのは
一匹の豚だ。
彼はこの豚のことをまるで近しい親戚のように話す。
豚は農民の貯金通帳なのだ。

伝染病が発生し、
人間の命を危険にさらさないため
すべての豚を殺すように
この地方の農民に求められたとき、
彼らは豚を山の中に隠した。
というのも、農民の目には、一匹の豚は
家族ほどではないかもしれないが、
農業大臣の言葉よりは
まちがいなく値打ちがあるからだ。

ぼくたちは海辺のパブに立ち寄った。わらぶきの屋根。ドアはなし。すべてが風にさらされている。テーブルクロスのかかっていない六つのテーブル。海は文字通りぼくたちの足の下にある。メニューには、焼き魚、煮魚、ツバメコノシロ〔スズキの一種〕の辛みソース煮込みがある。甥は魚が好きではない。運転手とぼくはおいしく食べた。ネクタイを緩めたらどうですか、とぼくが運転手に言うと、それに同意さえした。

ぼくは甥が海を眺めながら牡蠣(かき)を味わっているのを見る。ときおりトラックが埃だらけの乗客を乗せて、止まらずに通り過ぎる。この国では、ひとつの町から別の町へ行くというより、ある世界から別の世界に行くような印象だ。水平線には人っ子ひとりいない。このココナッツ売りの女を除いては。彼女の商売は、止まってくれるトラックがあるかどうか次第なのだが、そういうトラックは最近はますます減ってきている。

車に戻る直前に
考えが変わり、
裸になって熱い海に入り、
夕暮れどきまで
そこにいることにした。

車のボンネットに腰掛けた運転手は
いら立ったしぐさもせずにぼくたちを待っていた。
南国の人間の不思議な穏やかさ。

ぼくは自分が
北国にとっては
堕落した人間だと
感じた。そのとき、
この熱い海の中で、
バラ色の夕暮れのもと、
時間が突然、液体に変わった。

父のもうひとりの友人

クロワ＝デ＝ブーケに戻り、そこで今度は、ぼくがハイチを発つ前によく会っていた画家の家を前触れなく訪れた。鳩と熟れすぎた果物で満ちた風景しか描いたことがない、熟練した色彩画家だ。彼のやや薄暗いアトリエで少しおしゃべりをし、たくさん飲んだ。ぼくはラム酒を。彼のほうは、病気をしてからは牛乳だ。薄明かりの中で腐りかけたバナナの房が、彼の奇妙な脅迫観念を思い出させる。彼の重い身体。眠そうな声。ぼくたちは無気力な雰囲気の中にすべり込んでいく。このアトリエがヴォドゥ教の小さな神殿であるということも、絵の危険な魅力を増大させている。この場所の主人の悩ましげな目つきと謎めいた話し方に、ぼくは居心地が悪くなる。ぼくたちは並行したふたつの世界の中で意思疎通を行っていたような気が今でもしている。ぼくたちが出発してから運転手は、部屋の中で強い負の振動を感じた、とぼくに打ち明けた。甥は近くの中庭で物売りの若い女たちを観察して時間を過ごしていた。

冷水をたたえた大きな池で、
マンゴー売りの娘たちが

乳房を覆いながら
甲高い叫びを上げて水浴びしている。
身体にはりついたワンピース。

画家は自分のアトリエから出てきて、
ぼくの父の友人の家に通じる道を
教えてくれる。
市場の裏に住んでいるそうだ。
ぼくたちは大きく迂回しなければならなかった。
市場を横切ることはできなかったから。

運転手は木の下に車を止めてから
陳列台のほうへ一巡りしに行った。
彼は途中で好物のマランガ〔サツマイモの一種〕を見た。
甥は彼と一緒にとどまり、
ぼくは父の友人にひとりで会わなくてはならない。
彼は一ダースほどの雌鶏に穀粒をやっているところだった。元大臣の家で見た写真よりさらに虚弱そうに見えた。しかし眼光鋭く、握手はしっかりしていて、彼を見くびるのはまちがいだと悟る。強い個性の持ち主だ。彼は椅子をふたつ取りに行き、緑に覆われた小さなあずまやの下に置く。それで、やっこさんは死んだってわけだ。誰が死んだですって？　とぼくは馬鹿みたいに聞き返す。君のお父さんだよ。彼はぼくが息子だと分かっていたのだ。誰かがあなたに教えてくれたんですね？　わしは誰とも会わん。雌鶏たちと、わしに手紙を書いてもらいにくる農民以外はね。じゃあ、どうして分かったんですか？　君はやっこさんと瓜ふたつだ。ここまでわしに会いにくる理由は、ほかにあるまい。何か飲むかい？　わしはもうタフィア〔サトウキビから作る蒸留酒〕しか飲まないんだが。ぼくもほんの一杯だけ。この暑さじゃ、寒いところから来た人には勧められないね。では何か冷たいものを。彼はマンゴーの木の下で洗濯をしている若い娘にそっと合図する。孫娘のエルヴィラだ。母親が亡くなってから、わしと生活しているんでね……。それでウィンザー・Kは死んだわけだ。ブルックリンで死んだんだ。どこで死のうが知ったこっちゃないが。人間はどこそこで死ぬんじゃなくて、たんに死ぬんだから。彼はいっとき物思いにふけっている。わしらの歴史の先生が、なぜだったか休まなければならなくなって、ウィンザーが代わりをしたんだ。やっこさんは前に出てきて、聞き分けの悪いやつらをすぐさま黙らせた。それからわしらに自分流でこの国の歴史を話した。みんなは呆然として、そこにいたよ。これまで一度も見たことのないものだった。やっこさんは、わしらみんなと同じ十七歳だ。わしはどこまでもこいつについて行くと心に決めながら、お手並みを拝見していた。そしてじっさい、そうしたんだ。わしだけじゃないが、でもわしはやっこさんからいちばん近いところにいたな。

エルヴィラが熱い埃の中を
小さなお盆に飲み物を載せて
裸足でやってきた。
熱い眼差し。
たぐいまれな微笑み。
すらりとした長い足。
恥じらってはいても
おじいさん譲りの
弾けるようなエネルギーは隠せない。

ぼくたちは黙って飲んだ。ぼくの飲み物が何でできているのか当てることはできないが、注意深く味わってみると、パパイヤとザクロシロップ、レモンとチェリモヤ、それにサトウキビシロップがはいっているようだ。どちらにしても、とても冷たい。ぼくは物売りの女たちの声を聞きながら、あたりを見回す。ここでは誰も急いではいないよ、と彼は親切だが、ちょっと冷やかすような笑みを浮かべながら言う。ウィンザーはたくさんの人を知っていたが、わしらは四人組だった。中核だ。わしらが望んでいたことは単純だった。革命だ。政党をつくろうと言い出したのはウィンザーだ。わしらは二十歳だった。「主権者」、なぜなら民衆の政党だったし、民衆はいつだって主権者だからな。わしらはどんな規則にも従わなかった。遠慮せず、敵方をなぐったものだ。オフィスに行って、丸い革のクッションをたたき出し、ただちに有能で誠実な従業員をそこに据えた。彼らはかならずしもわしらのグループに属していたわけではないが。わしらは不誠実な従業員のリストと、仕事を見つけることができない誠実で有能な市民のリストをもっていた。つまり振り子を正しい時間に戻すことに日々を費やしていた、ってわけだ。無職だったが、使命があった。親類縁者の国ではなくて、市民の国を望んでいたんだ。闘争していたんだ。で、ジャックは？

エルヴィラが洗面器をもって戻ってきた。
彼女はそれをぐらついた小さなテーブルの上に置いた。
フランソワは頭と、
脇と上半身を洗いに行った。
彼女は白い大きなタオルで
優しく拭いた。
祖父の世話をする
神殿の若い処女。

すっかり見違えるようになった顔。二十歳も若返ったようだ。わしはときどき水をかけないといけない植物なんだ。そうしないと乾いちまうんだ。ぼくも水が好きです。彼は座り直す。さっき君はジャックのことを話していたな？……ジャック！　ジャック！　あのショックですっかり神経が参っちまい、立ち直れなかった。君の親父さんもだ。マリーがわしにそう言ってた。親父さんが感じていることは、誰にも分からなかったからな。誰も、といったのは、わたしは親父さんの補佐官だったからだ。君のお袋さんは別だよ。お袋さんは、やっこさんが泣いたと言っていた。ジェラールの近況はご存じですか？　彼は穀粒をいくつか地面にまく。すると数秒後に大量の雌鶏がぼくたちを取り囲む。ここではウィンザーとジャックの話しかしない。死んだ人たちのことしか話さないのですか？　わたしが知っている人間のことしか話さないんだ。ジェラールのことは知っていると思っていたんだが。わしに言えるのはそれだけだ。今度はぼくが話す番だと感じる。父は銀行にかばんを預けてあったんです。きっと金ではないな。やっこさんは金を貯め込むような人間じゃなかったから。何だとお思いになりますか？　とぼくは彼に尋ねる。うーん、と彼は鶏を追い払いながらいう。わしには何も分からんよ。わしは自分が背負い込んでいたものを全部厄介払いしたんだ。過去はいちばん重かった。ポルトープランスを離れるとき、ここには自分自身の死骸しか連れてこなかったんだ。でも君の親父さんは歴史家だった。おそらく書類だったんだろう。しかしそんなことは全部忘れよう。彼は完全に黙り込む前に、最後に一言だけ言うためであるかのように、長い呼吸をする。わしに言えるのは、ウィンザーのことが好きだったということ、それからジャックはわしの人生の傷だということだ。今わしはここで生活している。孫娘と一緒に、飽くことを知らず、一時間毎に餌をやらなくてはならない雌鶏と、抗議文を書くのを手伝ってやっている読み書きできぬ農民、それに朝から晩までしゃべりまくっている騒がしい物売り女たちに囲まれてね。わたしが望んでいるのはこれだけだ。

市場のある区域から離れて、
すでに南に向かって車を走らせているときだった。
車の背後から
エルヴィラが大股で走ってくるのに
気がついた。
彼女は祖父からだといって
雌鶏を一羽もってきた。
マンハッタンの銀行に残っている
父のかばんの代わりに
遺産として、もっとも親しかった友達から
黒い雌鶏をもらった。

エルヴィラが車のそばに
いるあいだずっと
甥は息をすることができなかった。
そして発車してからも
沈黙していた。
まるで火事の後の野原のように。

緑色のトカゲ

ぼくはプチ＝ゴアーヴの静かな墓地の中を
散歩した。
背の高い草の中に点在した墓。
祖母のダーの墓の上で、
緑色のトカゲが一匹、ぼくのことを
長いあいだ見ていた。
それから石の割れ目の中に滑り込んでいった。

ここは、雨の多かった幼年期に
ぼくが従兄弟たちと
小エビを採った
デヴィーニュ川から遠くない。

数年前、
北国のひとりの若い娘が
この墓地にやってきた。
ダーのためにささやかな花束をもって。
彼女は墓を探すが、見つからない。

というのも、ダーは今では
ぼくの本の中で生きているからだ。
祖母は堂々と
虚構（フィクション）の世界にはいったのだ。
他の人たちが
天に昇るようにして。

その日どこかの墓の上に投げられた
この素朴な花束のために、
パスカル・モンプチ〔ケベックの女優、ラフェリエールの小説を読んで、プチ＝ゴアーヴまでダーの墓参に来た〕よ、忘れないでおくれ、
君は、神々が厳格な面持ちで
女たちと語らう

プチ＝ゴアーヴの質素な墓地で
いつだって歓迎されるだろう、ということを。

ひとりの男が
バナナの木の下で昼寝している。
墓地の出口付近の
墓石の上に寝そべって。
永遠の眠りに
これほど近いと、
より安らぎを得られるのだろうか？

ぼくは徒歩でラマール通りを八八番地まで戻る。祖母のダーとともに幼年期を過ごした古い家だ。進むにつれて、しだいに道の面影がなくなってくる。祖母がじっさいに住んでいた家がどこだったか見当をつけるのに、しばらく時間がかかった。馬の所有者が市場で野菜を売っているあいだ、オジネが十サンチームで馬を預かっていた小さな公園は、もう同じ場所にはなかった。そしてモザールの店も同様だ。彼はダーよりずっと前に死んでしまったから。ダーの家の場所が分かったのは、正面にあった家のおかげだ。その家は、ぼくの思い出の中でと同じように、無傷のまま残っていた。ピンクと白のドア、ある晩、泥棒の喉元に飛びついた黒い犬が番をしていた長い廊下。

ぼくは思い出す。ダーがヴェランダに座り、ぼくがその足もとで、働いている蟻を眺めていたのを。人びとがダーに挨拶すると、ダーは彼らにコーヒーをごちそうする。黄色いワンピースを着て、母親と道をのぼっていくヴァヴァ。そして、海の近くをちょっと散歩するためにぼくのところに立ち寄るだろう友だちのリコとフランツ。この午後はけっして終わることがないだろう。

南へ

アカン〔ハイチ南方の港町〕のほうに下るために
デリュイッソーの交差点に到着する直前で、
ガソリンを満タンにしようとして
ミラゴアーヌに立ち寄った。
ぼくは給油係の顔を覚えていた。
ぼくたちは初聖体拝領を一緒におこなったのだ。
彼は少しも変わっていなかった。
四十五年後も同じだ。
いつもこの愚直な微笑。しかしおかげで
歳とらなかったのだ。

ミラゴアーヌからは雨が機関銃のように降りかかる。
車の屋根ではすさまじい音がする。

ぼくたちは何事もなかったかのように
話しつづけ、
アカンの入り口まで来てようやく黙る。
もうへとへとだ。
しかし荒れ狂う雨風に逆らおうなどとは
いったいどんな自尊心によるものだったのだろう?

ふたたび陽が射してきた。
また交差点に戻ってくるが
右に行けばいいのか左に行けばいいのか分からない。
運転手は左に行くべきだという。
そしてぼくの甥は右だと考える。
自宅のヴェランダに座っている男が、
コーヒーをすすりながら、足もとの犬と一緒にぼくたちを観察している。
頭を上げずに、彼はぼくたちに正しい方角を教えてくれる。

彼は帰りもきっと
同じ場所にいるだろう。

二日後でも十年後でも。
ぼくは走りながら時間を過ごす。
彼はヴェランダで動かないままだ。
ぼくたちは少なくとも一生に
二度すれ違うだろう。
行きと帰りに。

ぼくは木陰でセゼールを読んでいるところだった（「太陽に向かって屹立する偉大な生殖器たる大地よ」）。そのとき甥が猫のようにそっと近づいてきた。どんな感じ？　と彼はいきなりぼくに尋ねる。何だって？　よそで生活するっていうことは？　ああ、ぼくにとって、向こうはここと同じになったよ。でも、風景は同じではないでしょう？　領土という観念はもう失ってしまったよ。気がつかないほどゆっくりだけど、記憶に留めていたイメージが時間とともに新しいイメージに置き替えられていって、それは止むことがないんだ。彼は、人生のあまりに早い段階で思索を始めた若者の深刻な面もちで、ぼくのそばに座る。ぼくたちにとって、おじさんは向こうで豊かさにどっぷり浸かっている人だよ。かならずしもそうとはいえないな。怖がらずに自分の言いたいことを言えるというのは、それだけですでにたいしたものだ。最初は、そう、刺激的なことだった。しかし何年か経つと、当たり前になってしまって、別のことを切望するようになる。人間っていうのは、とても複雑な機械なんだ。お腹が空くと、食べ物を見つけるが、すぐに他のものが欲しくなる。それは当然のことなのに、他人はいつまで経っても彼を到着したときと同じ飢えた人間としてしか見ない。ニニーヌおばさんは、アメリカで三十年も暮らして、手ぶらで家に帰ってきたのはおじさんだけだ、と言ってたよ。そんなもんさ。ぼくはこうなんだ。ものごとは変えられない。金のことを真面目に考えられない人間に属しているんだ。必要なことは分かっているが、だからといって自分を金の奴隷にはできない。そんなことじゃないんだ！　君をよこしたのはニニーヌおばさんだろ。沈黙。おばさんは獲物をぜったいに離さないぞ。分かってる。セゼールを読んでいていいよ。

墓地よりも死んだような小さな村を横切る。村の出口までぼくたちを追いかけてきた疥癬病みの犬を除いて、誰もぼくたちが通るのに気づかなかった。見えなかったけれども、大人たちはドアの後ろでわたしたちのことを観察していたし、子どもたちは一本一本の木の後ろに隠れていましたよ、と運転手が言う。なんでそんなことを知っているんですか？　と甥が尋ねる。わたし自身、似たような村で育ちましたから、と運転手は吐き出すように言う。

黒い雌鶏が鳴きやまないので、
運転手はぼくに、
真昼でも
夜だと思わせるために
靴下で頭を覆ったらどうですか、

と勧める。

日射病にかかった甥のために麦わら帽子を買おうと、この小集落に立ち寄る。埃っぽいバヤロンドの木に囲われた、踏み固められた土でできた中庭に、半円形のいくつかの小屋。マンゴーの木の下では男たちがドミノゲームをしている。数人の女たちは中庭の奥で料理をしている。子どもたちは裸でひとつのグループから別のグループへと走っている。別の時間の中に入り込んでしまったような印象だ。たんに場所を変えるだけで、このような心の動揺を感じることがあるとは知らなかった。まるで、たった今あとにしてきたポルトープランスとは十年も隔てられているようだ。

カリブの冬

この地域では
飢餓があまりにひどかったので、
まだ青い果実や
新芽まで食べなければならなかった。
広範囲におよぶ裸の木々。
カリブの冬だ。

ここでは他のどこよりも
空には星が多く、
夜は暗い。
人とすれちがっても
声が聞こえるだけで
顔は見えない。

ぼくは、村を離れて
ずっと経ってから
印象を
書き留めることがある。
これほどの窮乏には
声が出ない。

ふたたび乾燥した村を横切る。
小さな男の子が
手を大きく振って
満面の笑みを浮かべながら車を追いかけてくる。
ぼくはこの子が土煙の向こうに
消えていくのを見ている。

ぼくはけっして慣れることができないだろう。
これらの農民が、自分たちのベッドに
純白のシーツを敷いて差し出し、

自分たちは星空の下で寝るほどの
極端な親切さには。

車は橋のそばに止まっていた。すらりとした謹厳な青年がじっとこちらを見ていた。彼の夢はいつかポルトープランスに行って、いつも聞いているラジオの司会者の全員に会うことだ、と彼はぼくに打ち明けた。トランジスタを耳にあてながら、午前中をぼくたちと過ごした。そして新しい司会者が登場するたびに、彼と知り合いかどうか知りたがった。リコは？　マルキュスは？　ボブは？　それからフランソワーズは？　リリアーヌは？　ジャンとは知り合い？　彼はこれらの人たちに一度も会ったことがないのに、とてもよく知っている。

ぼくたちはその高い所に馬で登った。三頭のうち、ぼくの馬がいちばん強情だった。あくまで絶壁に沿って歩こうとする。自分の背中の上に何をしているのか分からないやつが乗っている動物にとって、ぼくの命なんてどれほどの価値があるだろう？　ぼくは目眩に襲われて、下のほうを見ることができない。案内役の若い農夫は、馬を道の真ん中のほうに操縦しながらぼくに目配せした。

緑のあずまやで小さな宴会。ぼくたちは主賓であるかのように、大歓迎される。コーヒー、紅茶、酒が運ばれてくる。植え込みの上にはギルディーヴ〔タフィアの別名、サトウキビから作る蒸留酒〕がある。食糧を載せた大きなテーブル。ぼくがこれまで食べた中で最高の食事だ。甥はぼくの隣りでたらふく食べていた。白いドレスを着た五、六人の若い娘たちが給仕していた。願いがすべてかなう夢の中をさまよっているような感じ。そこの主人である裕福な農夫が、ぼくを自分のいちばん下の娘の腕の中に押しやった。内気で控えめな美人で、レセプションのあいだ中、瓢箪（ひょうたん）の木の下にある椅子を離れなかった子だ。車に戻るとき、彼女がハーヴァード大学で医学を学び、みんなは彼女の帰省を祝っていたのだと教えてもらった。ぼくはむしろ、コーヒーの木の下で、若い農夫の腕の中にいる彼女を見たい。彼は、この娘のためなら死にも立ち向かうつもりらしい、激しい欲望の眼差しで彼女を見ていた。

このレセプションで、二年前までポルトープランスの高校で教えていたというギリシア語の元教師と出会った。彼はヴェルレーヌ〔一八四四―一八九六、フランスの詩人〕やヴィレール〔一八七二―一九五一、ハイチの詩人〕ばりの詩集を出版したこともある。ぼくたちはセゼールについて議論していたが、友人のひとりが到着すると、彼はそっけなく話を中断した。ふたりはギリシア語で話し始めた。田舎にはこういう洗練された、時代遅れの文化があることをぼくは忘れていた。

農民は、ぼくが彼らの骨折りにたいして差し出したお金を受け取ろうとしなかった。そして、ぼくがしつこく尋ねたので、ようやくひとりが、これは大臣のためにしたのだ、と漏らした。車の中で運転手は、みんなが大臣の車だと分からなければ、ぼくたちはけっしてこんなに自由に走り回ることはできなかっただろう、と教えてくれた。現在この地方が灌漑されているのは大臣のおかげなのだ。

ぼくは運転手に、なぜさっき何も食べなかったのか、と尋ねた。最初、彼は聞こえないふりをした。旅のあいだぼくはずっと君の保護のもとにあるのだから、何か心配なことがあれば、注意してくれるのが君の義務だ、と念を押さなければならなかった。彼はときどきつかう不可解な口調で、知らないかぎり何の危険もない、とようやくぽつりと漏らすのだった。彼がもっとはっきり説明してくれるには、ぼくはさらにせがまなければならなかった。わたしたちがこれほど敬意を払ってもてなされたのは、とても力強い神々の代理だったからです。どの神かい？　彼は答えようとしなかった。では運転手さんは？　儀式が始まるには、神が食事をたたえなければなりません。どんな種類の儀式だったんですか？　娘さんとレグバ〔ヴォドゥ教で神と人間の仲介役〕との婚約です。じゃあ、ぼくがレグバだったんですか？　家のご主人は彼女をぼくの腕の中に押し込んでばかりいたけれど。いいえ、それはあなたの甥でした。じゃあなぜ、彼はあんなにぼくの世話を焼いたんですか？　オグーをなだめなければならなかったからです。いついかなるとき祝いを台無しにしてしまうかもしれない、怒りっぽくて嫉妬深い神ですから。で、あなたは？　不法なものは何ももっていませんでしたから、わたしは神々と一緒にいる、たんなる人間にすぎませんでした。彼がぼくに全部話してくれたかどうか、確信はない。神秘はヴォドゥ教の欠くべからざる要素だ。旅行者や民俗学者が「ヴォドゥの本物の儀式」に参加したことがあるというのを聞くと……。それというのも、ヴォドゥの本物の儀式というものは存在しないからだ。それはちょうど天国を買えると信じるようなものだ。別の世界で行われるものなのだ。

ポリーヌ・カンゲの息子

ぼくたちの謎めいた運転手であるジェローム氏は、自分の名前を言うことをつねに拒んでいた。彼はどんな地図にも載っていない小さな村の出身である。そこで暮らしている者しか知らない通り名で呼ばれている場所のひとつだ。それでも、人びとはそこで生まれ、暮らし、死ぬ。他のどことも同じように。それ以上でも、それ以下でもない。地元の市場に立ち寄るとすぐ、ぼくは運転手の名前を知った。彼らは運転手を取り囲みにやってきて、感動をこめて彼の身体に触れ、やさしく話しかける。「死ぬ前にあんたに会えるなんて、思ってもみなかったわ、ジェローム」とひまし油を売っている、腰の曲がった高齢の女性が言う。彼女にとって、彼はポリーヌ・カンゲの息子だ。ポリーヌはポワント＝ノワール〔コンゴ共和国南西部の港湾都市〕から来たコンゴ人で、ある朝、村に到着し、そのまま居着いた女だ。彼女のもっとも親しい友人だったこの老女によると、ポリーヌ・カンゲの部族の人たちの信仰では、アフリカで死んだ人はハイチで、しかもできれば村で、蘇ることが好ましいとされている。ポリーヌは死ぬまで、向こうに残してきた息子のアランのことしか話さなかった。彼女はいつも、自分がここに来たのは、アランがいつかハイチ人だと感じることができるようにだ、と言っていた。ぼくたちは母親が埋葬されている国の出身だ。これは最期の瞬間の熱による譫妄だったのだろうか？　この息子が姿を現して、ハイチのこの人里離れた村の母親の墓にお参りに来なければ、真相は分からないだろう。

お母さんはアランのことと同じくらいあなたのことを愛していたのよ、と老女は彼の頬をなでながら言う。市場で見つけたこの可愛い赤ん坊を見せるために、ポリーヌがわたしのうちのドアをたたいたときのことは、昨日のことのように覚えているわ。わたしは高熱が出て、家にいたの。昼頃わたしが市場にいないと、ポリーヌはうちに立ち寄ることになっていたの。わたしにスープと丁字の煎じ茶をもってきてくれたわ。ほんとうに真面目で、正直な、いい人だったわ。その日、あの人は白いタオルの中に何か隠していたんだけど、それがあなただったのよ、ジェローム。誰かが白いタオルに包んであなたを彼女のすぐ横に置いたの。真っ昼間に。市場にはたくさんの人がいたわ。お母さんは白い服を着て、首に赤いマフラーを巻いた女性を見たような気がしたけれど、確かなことは何も言えなかった。あっという間の出来事だったから。神様たちがくださったのね、とわたしはお母さんに言ったわ。お母さんはあなたのことを、生後三か月で死んだわたしの最初の息子の名にちなんでジェロームと名づけたの。ポリーヌは控えめで、きちょうめんだったし、信頼できる友だちでもあったわ。ジェローム氏はお母さんの話になると微笑んだ。あとで、昼食のときにぼくたちに語ってくれたことによれば、お母さんのことが彼の心から離れたことは一分たりともないのだった。こんなに大きくなって、これだけ立派になっても、ずっと前に亡くなったお母さんの息子としてしかみんながあなたのことを見ていないのは、あなたがあらゆるものの始まりの場所である生まれ故郷の村に戻ってきた証拠なのよ。

しかしながら、昼食中にぼくたちのかばんが盗まれたのは、まさにこの村でだった。テーブルの脚元、雌鶏の横に置いてあったものだ。ジェローム氏は恥ずかしさのあまり死にそうだった。状況はすっかり変わってしまったと、彼は繰り返し言った。彼の時代には、みんなが知り合いだった。誰かが困っていれば、すぐに手を差しのべてくれたものだ。まるでひとつの家族のように暮らしていた。じゃあ、泥棒はここの人じゃないんだね？　きっとザボーから来たやつです。六キロほど離れたところにある。ぼくは歌を知っている。いたるところで聞いたことがあるのと同じだ。料理女は村長さんのところに申し立てをしに行くようにと勧めてくれた。そこに着いてみると、村長さんはこの時間は「ヴェトナム」にいるにちがいないと教えてくれた。ヴェトナムが村の出口にある売春宿であることをぼくたちが理解するには、少し時間がかかった。ジェローム氏はまた恥ずかしさに顔を赤くした。それでもぼくたちはそこに行ってみた。薄暗い部屋の奥に座って、村長は「鞍と手綱をつけられて（セレ＝ブリデ）」〔「名声（セレブリテ）」とのだじゃれ〕という自家製のカクテルを啜っているところだった。明け方まで駆け足（ギャロップ）で女を追い回すことができるようにしてくれる酒だ。彼はぼくたちのかばんの盗難報告とは別のことに関心があるようだった。暗がりだったにもかかわらず、サングラスをかけたままだった。突然彼は、まるで窒息しそうになっているかのように、震えて大きな手のひらでテーブルを叩きだした。ぼくが呼吸するのを手伝ってあげようとしていると、ひとりの若い女性がテーブルの下から、額を汗でびっしょりにして出てきた。明らかに、ぼくたちの問題を報告する時間ではなかった。村長はむしろ、メインディッシュに移ろうとしているようだった。彼は自分のハーレムに一緒にどうぞと誘ってくれはしたが、ぼくたちは長居しなかった。

ザボーという村には、サトウキビ畑を横切らないと行かれない。上半身裸で、汗をかいた男たち。興奮したコブラのようにしゅうしゅうという音を出す鉈（マチェーテ）。最初の一撃でサトウキビの根元を切る。次の一撃で先端を切り取りながら、空中で幹をつかみ、そこから一メートルの場所にある山に放り投げる。ジェローム氏は父親にくっついてサトウキビ刈りに行ったものだと話してくれる。彼は試してみるが、腕が落ちてしまったようだ。ぼくはしばし彼らが働いている様子を見る。自分の文章もこんなにうまく書ければいいのにと夢想しながら。遠くで影が通り過ぎるのが見える。無遠慮な視線から逃れて、何か秘密の儀式を執り行っている。ジェローム氏はぼくたちに、車に戻ってください、と言う。そして、車を走らせているあいだもまだ、男女のハーモニーを利かせた声が、いかなる男も抵抗できない女神のエズュリー・フリーダ・ダホメーの栄光を歌っているのが聞こえている。この田舎は穏やかだが、これらの農民が、最初は奴隷制を支持するヨーロッパと、次はアメリカの占領軍（一九一五年から一九三四年まで）と、そして今なおハイチ政府と停戦してはいないということを、忘れるべきではない。

ぼくは道路わきで即興的に催されたもうひとつの小さな宴会を後にしたところだ。人間だけに関わる、田舎では珍しい宴会だ。その場合、ギターとラム酒が一本、それに数人の幼なじみがいれば充分だ。小さなグループは墓地に行き、去年の初めに亡くなった、ギター奏者の婚約者の墓参りをする。彼らは今、丘の向こう側にいる。その歌は歌い手が見えないといっそう胸に迫るものがある。

たっぷり一時間走ったところで、火器が発砲されたのではないかと思うような甲高い物音が聞こえた。人びとが心配して家から出てきた。男の子がぼくたちの車の左の前輪を指さした——もうパンクだ。トランクを開けるために脇に寄る。交換用のタイヤがない。「わたしの責任です」とジェローム氏がとてもすまなそうにつぶやく。パンクしたタイヤを修理してもらわなければならないだろう。ジェローム氏はここから五キロ離れたガソリンスタンドまでタイヤを転がしていく。ぼくたちは車のそばで彼を待つ。甥はその時間を利用して、断崖の奥にある小さな川に水浴びに行く。水はとてもひんやりしていて、青みのある光を照り返している。小さなトビウオを捕まえようとしている甥の笑い声が聞こえてくる。畑から帰ってきたふたりの農夫が、穏やかな様子でそれを眺めている。彼らが何を考えているのか、そして、ぼくたちがタブーを侵しているかどうかさえ、知るのはあいかわらず容易ではない。甥は自分の身体が忘れていた喜びをふたたび見出したようだ。ポルトープランスのような都会が、感じやすい若者の神経にたえず及ぼしているであろう圧迫感は想像もつかない。

しきたりに従って、ひとりのご婦人がとても甘いコーヒーをもってきてくれた。ぼくは車のボンネットに座ってそれを味わう。近所に住む少年が椅子をもってくる。そしてこの少女は、ダンスのロープをもってくるくる周りながら自分の敏捷さを褒めてもらいたがる。日がまだ完全に暮れないうちから、もう攻撃の準備をしている蚊の音楽が聞こえてくる。ジェローム氏が修理の済んだタイヤをもって帰ってくる。大勢の子どもたちが彼を取り囲む。

彼が戻ってくるのにしばらく時間がかかったのは、この地方にひとり知っている女性がいるからだ。彼の思考の展開を注意深く追って理解できたのは、彼らのあいだにはふたりの子どもがいるということだった。あなたの奥さんですか？　いいえ。子どもたちは自分の子だが、自分のものではない。どういう意味だろう？　彼は自分を非常に当惑させるある状況をぼくに説明しようとする。話が詳しくなるにつれて、謎が深まっていく。要するに、ぼくの理解が正しければ、ふたりの男の子が生まれたとき、彼はまだ未成年だったため、お父さんが子どもたちを認知しなくてはならなかった、ということのようだ。じゃあ、今は子どもたちは大人なんですね？……彼の顔はぱっと明るくなる。とても働き者で、何よりも正直者です。ひとりはレ・カイユ〔ハイチ南西部の都市〕で靴の修理屋をしており、もうひとりはポルトープランスで機械工をしています。では、何が問題なのかい？　とても込み入った話なんです。女性の父親は、自分の計画を裏切ったといって彼をけっして許してくれなかった。彼には娘に別の計画があったのだ。父親は、ふたたび彼が家に近づくようなことがあったら頭を切り落としてやる、と予告した。今でもかい？　もう歳ですが、まだがっしりとしていて、あいかわらず怒っています。この地方では何事もけっして忘れないのです。ジェローム氏は話のもっともデリケートな部分に辿り着いたようだ。彼はぼくが代わりにその女性に挨拶に行き、そっとこの封筒を手渡してほしいのだ。で、もし彼女のお父さんがぼくをつかまえて、頭を切り落としたら？　ジェローム氏の顔は曇るが、すぐに、お父さんはそんな人ではない、とても礼儀正しい人だ、と付け加える。彼、ジェロームに関して以外は、だが。このような頼み事をすることにたいして、彼は長々と詫びながら、ぼくに感謝する。

背中が痛かったが
少しまどろんだ。
車の中で身体を丸めて
寝るのは二晩続きだ。
なんとか本物のベッドに身体を伸ばしたいものだ。

裕福な農夫の
宿泊の招待をぼくは喜んで受け入れただろう。
もしも彼の娘がぼくのベッドにいて、
名誉失墜の面倒な話に
巻き込まれることを怖がらなければ。
そんなことにでもなったら、鉈の鋭い一撃でけりがつくことになるだろう。
赤い真珠の首飾りだ。

ぼくがそんなにいい結婚相手だと
思われているからなのではない。

金持ちの農民のうちには、
家族の中に知識人がいてほしいという固定観念をもっている者がいるのだ。
ちょうど、昔、ブルジョワたちが、
「ド」のつく苗字を
孫たちがもつために
無一文の貴族を金で買ったように。

夜だ。ぼくは遠慮がちにドアをノックする。ひとりの高齢の紳士が足をひきずりながら出てくる。こんなに遅くお邪魔して申し訳ありません。フィロメーヌ夫人に言伝があるのですが。あなたをよこしたのはジェロームですな？　と彼は目尻に笑みをたたえてぼくに言う。はい。ここに喜んでお迎えする、と彼に伝えてください。そして泊まってもらうから、と。戻ると、ぼくはジェローム氏に彼の封筒を返した。ぼくたちが到着すると、ベッドはすでに準備ができていた。ジェローム氏は夜の残りの時間を舅と小声で話しながら過ごした。翌朝、ぼくたちは濃いコーヒーを飲んでから出発した。事業が不振に陥ったのではないかと推測したジェローム氏は、舅にあまり散財させたくなかった。舅は別れ際に、「あの話は全部ひどい誤解だったよ」と彼にそっと伝えた。道すがら、彼はぼくたちにこう話してくれた。彼と舅のあいだの関係を修復してくれるはずの友人が両方に嘘をつき、交渉のあいだ、彼はフィロメーヌと結婚させてくれるようにしきりに舅に頼んだのだ。しかし老人はずっとそれを拒みつづけてきた。

別れの儀式

甥はぼくのそばで
車のボンネットの上に座った。
人気(ひとけ)のない広大な風景の上に
数本の黒い縁取りがあるバラ色の空。
ぼくたちの眼前でこのように世界を誕生させながら、
小説家のジャック・ステファン・アレクシが
「太陽将軍」と呼ぶ者が
まもなく現れるだろう。
これほど貧しい景観の中に昇ってくるための唯一の理由だ。

ぼくは気がつくが
他の人たちには見えないひとつひとつの細部は、
自分がもう地元の人間ではないということを

あらためて証明している。
ぼくは原始的な夜明けの
すがすがしさしか切望しない。

ぼくは自分の存在にたいする
あらゆる意識を
失ってしまいたい。
自然の中に
溶けて、
一枚の葉、
一片の雲、
あるいは虹の黄色になるために。

甥とぼくは、断崖の端で
小便をする。
二本の連続した噴射。
完璧なアーチ。
ぼくと彼の微かな笑み。

男が歌を歌っているのが聞こえる。
彼の顔は見えないけれど。
彼は自分の部屋を出ることのない
身体の不自由な人だそうだ。
これほど絶望して
もはや人間味がまったくない歌。

誰かがぼくたちにコーヒーをもってきてくれる。すぐに口の中にセゼールの味が広がる。「海も空も探検したことがないが、彼らなしでは、大地が大地でありえなかったような者たち」について語るセゼール。だんだんと活気を帯びてくる小さな市場の中で、ぼくの前を通りすぎていく人たちと同じだ。

ここの人たちは
嘆く習慣がない。
彼らはあらゆる苦しみを
歌に変えてしまう才能をもっている。
そして真昼に女たちが
大きな帽子の陰で

噛むタバコは
人生の苦い味わいを紛らせてくれる。

ぼくは甥の肩掛けかばんの中に
『帰郷ノート』の
雨でよれよれになった古い一冊をすべりこませた。
それが必要なのは出発する前だ。
帰るときではない。

彼は彼なりにこの散歩をとても喜んでいるようだった。彼はもう大都会と農村生活を混同することはないだろう。彼は大学の友だちが恋しくなってきていて、ふたたび都会の不潔さや暴力を見出したがっているように感じられる。彼はそういうものでできているのだ。人間というものは数日間で性格が変わるものではない。

ぼくは結局、そこにはひとりで行くことに決めた。自分の血管を流れているこの血による以外、何の庇護もなく。残っていた現金はジェローム氏にあげた。彼は最初拒んだが、彼のほうがぼくより有効に使ってくれるから、と言って説得した。車の焼けるようなボンネットの上で二通の手紙を殴り書きする。長いほうは母へ、もう一方は自発的に車を貸してくれた元大臣に。父の生まれ故郷の村であるバラデールのほうへ向かう、がたがた揺れるおんぼろ車に、全財産であるぼくの黒い雌鶏と一緒に乗り込む前に、甥と最後の抱擁。

運転手と料金を交渉しながら、五七年型ビュイックが小さな土埃をあげて立ち去るのを見る。よい方たちと一緒でしたね、と彼はわけ知り顔で言う。ぼくの甥と大臣の運転手です。あなたはそう思っているけれど、わたしはザッカを見ましたよ。農民の神のザッカを。どうやって分かったんですか？ 喉から出て来るような笑いは、それについて何も言う気がないことを示している。ぼくはトラックの後部に座席を見つけた。

ここが父の故郷のバラデールだ

熟していないバナナがはいった袋。
油の瓶。
炭や小麦粉。
雌鶏、子ヤギ、それにロバも一匹。
後ろにはいびきをかいている太った男。
お腹の底から出てくる長い息。

ぼくはこの群衆によって揺すぶられるがままになるために
あらゆる思考を停止させる。
もっとも内面的なものまでも。
ここでは、トラックが乾いた自然の中を走りつづけるあいだ、
人間と動物を隔てる壁は
きわめて薄いようだ。

ぼくの背後で優しい声。夫を亡くしたばかりの喪服の女性の声だ。母親と息子はブルックリンで生活し、父親のほうはハイチに留まっていた。彼女は自分の身の上話をする。彼女が彼に初めて会ったのは、高校からの下校時だった。彼女の周りにいた女友だちはみんな彼のことをからかった。しかしとても優しい人だったので、彼女はすぐに彼に恋するようになった。彼はふたりきりでいるときでさえ内気で、最期の日までそうだった。繊細な男性だったのだ。彼は喉頭癌で死んだ。まったく苦痛を訴えずに。セラファン〔天使の中の最上級である熾天使の意〕という名前だった。

棺は後ろにある。長椅子にしっかりくくりつけられて。座席は六人用だ。死者なので、寡婦は四人分しか払わなかった。棺をトラックの屋根に固定することに同意すれば、何も払う必要がなかっただろう。料金がどうであろうと、セラファンを子ヤギや雌鶏と一緒に屋根で埃まみれになって行かせはすまい、と彼女は決めた。彼らは最後の旅を一緒にするのだ。

彼女の若い息子は白いワイシャツを着て
黒いネクタイをしている。
頭は母親の方にもたせかけている。
沈んだ様子で無口だ。
隣りの女性がささやいているのが聞こえる。

「お父さんとそっくりよ。」
彼女は父親のことをよく知っていた。

結局のところ、ぼくも同じ状況なのだ。
亡骸は連れていないが。
それに、死者の記憶もほとんどないけれど。
この旅は、彼を故郷に連れ戻し、
同時にそれを、ぼくも発見するためのものだ。

亡骸のない葬式。
ごく内輪で
ぼくしか関わりのない儀式。
父と息子、たった一度だけ
差し向かいで。

痕跡も残さずに旅立つ。
あなたのことを思い出してくれる人もなしに。
神だけがこのような運命にあたいする。

雨の降りしきるバラデールに到着だ。
二日前から降っている。
ここでは急速に水かさが増す。
家々は高床式になっている。
トラックは教会の裏でゆっくりと曲がる。

質素な墓地が見える。
水に浸かり、
最近埋葬された死者たちの身体の中に
穴を通って小さな金魚たちがはいりこんでいる。

大きな十字架の下で
小さなグループが待っていた。
ずぶ濡れになって。
死の厳粛さ。

黒いネクタイをした青年は

トラックから降りるのをためらう。
彼は、別の時間から湧き出てきたように見える
これらの親族全員を知っているわけではないし、
雨でずぶ濡れになったこの町も、
父親を埋葬しようとしているこの墓地も知らない。
ブルックリンからバラデールを想像することは難しい。

どこの墓地でも
入り口に大きな黒い十字架が立っている。
どの死者のものでもないこの空っぽの墓。
好色で陰気な神である
バロン・サムディ〔ヴォドゥ教の死に神〕が暮らしているのはここだ。
彼は墓守の役目を果たしていて、
彼の許可がなければ誰もはいることはできない。

人びとは世界の大都市の
照らされた通りを歩く。
都会人の恰好をして、礼儀正しさを会得して、

ぼくらの生がひそかな感情と聖なる歌に
満ちていることなど知らずに。
そうした感情や歌は、ぼくらの心のどこかに忘れられていて、
自分たちの葬式のときにしかふたたび湧き出てくることはない。

ぼくらはふたつの人生をもっている。
ひとつは自分たちのもの。
もうひとつは
子どものころから
ぼくらを知っている人たちのものだ。

母の言葉。
父の国。
たった一日で
このような遺産を発見する息子の
茫然とした眼差し。

人びとは墓地の奥のほうに

棺を大急ぎで運ぶ。
その向こうは花を飾られた最後のいくつかの墓だ。
高く生い茂った草の中にいくつかの石碑が乱雑に置かれている。
そこをピンク色の大きな魚が行進している。
入り口付近のよい場所は
バラデールを一度も離れたことのない者のために
とっておかれる。

ブルックリンで暴れ回っている
この小悪党は
突然、辺鄙な片田舎に
自分の起源が
あることを知る。

彼は身をかがめて、素手で
電気を帯びたピンク色の魚をつかむ。
思わず片足で踊る。
そのすきに魚は逃げ、

みんなの爆笑を買う。
ぼくはあまり邪魔にならないように
少し離れたところから
儀式に立ち会う。
誰もぼくの存在に気づいていないらしい。
彼らはぼくにそう思わせようとしている。
今ではぼくも世界のこの地方の人たちの
慎み深さを理解している。

ひとりの男性が大時代な物腰でぼくに近づいてきた。あとで、わたしどもと一緒にお出でいただければたいへん嬉しゅうございます、と彼は言う。あとになって、ぼくは彼がユネスコで翻訳家として働いていたこと、退職してここに戻ってきたことを知った。田舎と都会をたえまなく行ったり来たりしたことによって、文化（キュルチュール）と農業（アグリキュルチュール）とのあいだの絆が深まるのだ。

儀式のあとぼくたちが迎えられた家は、木の生えていない丘の中腹にある。腕白坊主どもは子ヤギと入り交じって、ひっきりなしに坂を駆け下りている。ぼくは服を乾かすために大きな火のそばに座る。灰の下ではトウモロコシが焼かれている。きれいな青いワンピースを着て、目が生き生きした少女がぼくにコーヒーを一杯もってきてくれる。その子はぼくに挨拶するためにちょっとひざまずく。ぼくはその額にキスをする。少女はぼくにたいして目を見開き、走って逃げていく。数か国語を操る引退者は、『アエネーイス』〔古代ローマのウェルギリウスによる叙事詩で、ラテン文学の最高傑作〕を読み直す時間がようやくできた、と唾を飛ばしながらぼくに打ち明ける。

誰もぼくに尋ねなかった。
どこから来たかも、どこに行くかも。
ぼくの過去も未来も重要ではない。
彼らはぼくをこの厳かな現在において受け入れたのだ。
何の説明も求めずに。

母と一緒に
ヴェランダで過ごす燃えるような夕べの数々、
そしてもちろん、父のお気に入りの詩だった
「露台（バルコニー）」〔『悪の華』所収〕を書いた
ボードレール〔一八二一―一八六七、フランスの詩人〕に
ぼくの思いを馳せさせてくれる
星空。

ぼくはまた、ニニーヌおばさんが七月の初めに
催してくれたピクニックのことも思い出す。
そのほかのかけがえのない記憶とともに。
それらは今日、ぼくに、
この幼年期はまさしく、
太陽が降り注ぐ、終わることのない季節だったと感じさせてくれる。
たとえときおり雨降りだったとしてもだ。
雨の中の太陽ほど輝くものは、ほかにない。

突然ぼくはとても軽やかになるのを感じる。
空はぼくの頭が触れている
このバナナの木の葉以上に
遠くはない。

ダンディーはダンディーとして死ぬ

ぼくはそのバナナ畑にはいり込む。
そこには小川が流れていて
せせらぎが聞こえてきた。
それから薄暗がりの中で
月明かりを受けて
水に輝く背中を見つけた。

バナナの木の下で
眠っている老人を発見する。
夢の中でも
微笑みつづけるために
彼はどんな人生を
送ったのだろうか？

それは元大臣の人生とは
違うものだったのだろう。彼は美術館で、
この農民が眠っている田園の環境を再現した絵に囲まれて
夜々を過ごしている。
一方は他方の夢の中で生きているのだ。

ぼくはふたたび小さな墓地を横切る。
大地は空の水をすべて飲んだ。
死者たちは喉が渇いていたのだ。
しかしどちらかというと
命の水〔蒸留酒のこと〕のほうがよかったが。

頭を上げさえすれば、
大きな犬の首の上に
シリウス〔おおいぬ座のアルファ星〕が見えた。
ぼくが夜を過ごすのは
もっとも強く輝く星とともにだ。

闇の中で
ぼくはひとつの墓の上に
座った。
タバコを吸って、
父のことを考えるために。

ついこのあいだまで
バラデールの通りで
雨の中を裸同然で走っていたこの少年は、
故郷の村を離れたことのない
友だちと同じように
人生を終えることもできただろう。
そしてこれほど奇妙な運命を
けっして経験することもなしに。

踏みしだかれた草でできたこの小道は、墓地を横切って、県道に通じる砂利道につながっている。これは父がポルトープランスに行くために最初に通った道だ。そして後年は、ハバナ〔キューバの首都〕、パリ、ジェノヴァ、ブエノスアイレス、ベルリン、ローマといった世界の大都市に行くために。最後はニューヨークだが、ぼくはそこで最近、黒のアルパカの三つ揃いを着て、同じ色の素晴らしいネクタイをしてすっかり硬直した父に会った。あいかわらずエレガントな装いだ。父の世代の人たちのように。ただひとつ個人的な特徴は、顔の上にピンで留めたような微笑だが、それは苦痛による最後の痙攣の証拠だった。

父が葬儀のときに何を着ていたか知ろうとして
母はあれこれぼくに尋ねた。
父の装いのひとつひとつの細かいところが
父にとっては重要だったのだ。
ぼくが覚えているのは父の手と
微笑だけだが。

結局のところ、ダンディーはダンディーのままだ。彼が自分自身に注意を払わないときはいっそうのこと。形は変わりうるが、性格はけっして。性格が変わらないとしたら、バラデールの少年は当時すべてを知っていたことになる。彼がのちに進むはずのすべての道は、すでに彼のうちにあったのだ。

彼は、今夜のようなある一夜にして、

空に実物大の地図が広がるのを
見たにちがいない。そこには
彼がいつか向かい合うべき
すべての病院、監獄、大使館、
まがいものの宴会や孤独な夜々が示されていた。

そしてもし満月で明るければ
自分の人生の延長として
それとそっくりの
ぼくの人生も見えたにちがいない。

ぼくらにはそれぞれ独裁者がいた。
彼には、父親のパパ・ドック
ぼくには、息子のベビー・ドック
そして彼にとっては帰還なき亡命。
ぼくにとってはこの謎めいた帰還。

父は戻ってきた

生まれ故郷の村に。
ぼくが連れ帰ったのだ。
氷が骨までも
焼き尽くしてしまうであろう肉体ではなく、
彼に最高度の孤独と
向かいあわせてくれた
精神を。

灰色の日々と
寒い夜のあいだ
この孤独に向き合うために、
父は何度
頭の中に
雨が降りしきるバラデールの
プリミティヴ絵画のような映像を思い浮かべたことだろう。

父は、バラデールで。
ぼくは、プチ＝ゴアーヴで。

それから、おのおのが
広い世界で自分の道を進む。
そして出発点に戻ってくる。

彼はぼくに生を与えてくれた。
ぼくは彼の死の面倒をみる。
誕生と死のあいだで、
ぼくらはほとんどすれ違いさえしなかった。

ぼくは父について確信がもてる思い出を
何ひとつもっていない。
自分だけの思い出を。
ぼくたちふたりだけが写っている
写真は一枚もない。
母の
記憶の中を除けば。

土地の子ども

知らないうちに
夜が明け、すでに
女中のように、
つま先立ちでそっと目覚める
小さな町のざわめきが聞こえる。

ある女性がぼくにコーヒーをもってきてくれる。
白い茶碗。
刺繍されたクロス。
彼女はぼくが飲み終わるのを待った。
これはバラデール式の朝の挨拶だ。

男性は少し後でやって来た。帽子を胸に当てて。ぼくは彼のために自分の横に場所をつくる。彼は座る。長いあいだ彼は何も言わない。これはわたしの墓です、と彼はつぶやく。四代前からわたしの家族はみなここに埋葬されているんです。ぼくは即座に立ち上がる。どうかそのままで。わたしたちにとっては光栄なことなのです。ふたたび沈黙は破られない。妻があなたのことを覚えていました。えっ、わたしのことをご存じなんですか？　レグバですね。彼はぼくのことを、可視世界と不可視世界の境界にいる神と混同している。この世からあの世に行くことを許可する神だ。わたしはこの土地にいませんでした。存じております。ぼくは父を埋葬しに来たのに、父の生まれ故郷の町で人びとが神のように迎えてくれるのは、ぼくのほうだ。あなたのことをお待ちしておりました、と彼は厳粛な面持ちで言う。しかしわたしはレグバではありません。あなたはわたしの同級生だったウィンザー・Kの息子です。ここで一緒に小学校に通いました。ぼくは呆然としてしまう。あなたが誰だかわたしたちに分からなければ、あなたは今はもう生きていないも同然でしょう。あなたは親族を埋葬しに戻ってきた最初の人ではありません。そうですか。しかし、亡骸をもたずに来た人をわたしが見たのはこれが初めてです。それに、レグバに付き添われています。しかもそのレグバは、わたしたちの墓の上で夜明かしすることを選んだのです。これほど名誉なことはありません。どんな印でレグバだと分かったんですか？黒い雌鶏です。雌鶏ですって？　ええ、黒い雌鶏です。ああ、そうですね、黒い雌鶏ですね。ときには理解しているふうを装わなくてはならない。それが情報を得る早道なのだ。なぜなら、ここではぼくたちが知っているはずのことについては、誰も説明してくれないので。

一匹の痩せた疥癬病みの犬が

やって来て、片足に自分のからだをこすりつける。
この犬も
神ではないだろうか？
昨晩見た犬の星座。

子どもたちが学校に行くために
墓地を横切る。
通りすがりに彼らは手のひらで
自分たちの祖先の墓をこする。
この世界との
日常的な接触を保つために。

最後の眠り

陸路、それとも海路？
ぼくは海路を選ぶ。
ちょうど出航しようとしている
帆船があります、とその男が言う。
いとこのロメルが所有しているものです。
みなが親類縁者の村。

まずゴナーヴ島〔ポルトープランスの北西、ゴナーヴ湾に位置する島〕に薪を取りにいき、
それをペステル〔ハイチ西部〕に届けなければならない。

女たちが何人か「エピファニー」号に乗り込んでくる。

油、塩、小麦粉を必要としている。

日用必需品だ。

彼女たちは帆船の中に

具体的な生活のリズムを刻み込む。

途中、広くて塩辛い道で
釣りをする。
とくにツバメコノシロを。
女たちはけっして水を見ない。
乗組員の半分は泳げない。

奴隷は海を見ることを禁じられていた。
海岸から、彼はアフリカに思いを馳せることができた。
しかし郷愁にかられた奴隷は
プランテーションでは
もはや大した価値がない。
彼の悲しみがほかの人間に
感染しないように打ち殺さなければならなかった。

雲のない空に
輝く太陽と

ココヤシに縁取られたターコイズブルーの海は、
二月の寒さと単色画の世界を
逃れようとする北国の人間にとっては
夢想でしかない。

隅っこでぼくは書き留める、
残酷な美しさ、と。
永遠（エテルネル）の夏（エテ）。
太陽なんて死んじまえ。

入り江ごとに停泊すると、騒々しい市場で親類の女たちが商品を待っている。ついでに日用必需品を入手する。別の物売り女たちが乗り込んでくる。彼女たちはまばゆいばかりの光を浴びて、まるで女神のエズュリー・フリーダ・ダホメーのようだ。男たちは彼女らをうつろな目で眺める。ちょっと浮気をしようものなら、次の入り江では新品の鉈（マチェーテ）が日なたで待っている。

降りる前に、この女がぼくの雌鶏を買いたがった。次の市場でまた売ってあげますよ、と彼女は言っていた。雌鶏から解放してあげたいだけなので、買ったときと同じ値段でまた譲ってあげます、だから儲けはありません、と。ぼくの隣りにいた女が割って入った。あとでぼくは、どんなことがあってもぜったいに黒い雌鶏を売ったりしないと誓わされた。でも、そのことは知っていたのだ。

男たちは農夫で
自分たちの小屋から遠くないところで働いている。
女たちは野菜を売りに行く
ごく小さな村の
ひとつひとつを知っている。
嫉妬深い夫たちは自分の妻を
地元の市場から出さない。

あのとても細いくるぶしをした羚羊(ガゼル)は
母親にくっついている。
頭を下げて。
斜めを見ながら。
いつかひとりで道のりを
行かなければならないときのために
すべてを観察している。

遠くでは、砂浜に
小さな人だかり。
「杏村（アブリコ）」〔ハイチ北西部、半島の突端〕と告げられる。
先住民たちはそこが
天国だと信じていた。
ぼくはようやく到着する。

海に触れるほど
枝がたわんだ
大きな木々。
漁師たちのバケツの中で
まだピクピクしている
ピンク色の太った魚。
香りのよいマンゴーを頬張っている
出臍（でべそ）の子どもたち。
コロンブス以前のもの憂げな生活。
長いあいだ夢見ていたこの風景に向かって

進みながら、
現実の時間の中に
いるのかどうかあまり確信がもてない。
あまりに多くの本を読みすぎた。
あまりに多くの絵を見すぎた。
いつかものごとを
あらわな美しさの中で見ること。

自分の前方にはいつもあまりに多くの希望。
自分の背後にはあまりに多くの失望。
人生とは長い帯だ。
それは死んだ時間なしに、
希望と失望が交互に現れる
しなやかな運動の中で繰り広げられる。

ぼくはバナナ畑の奥にある
小さなわらぶきの家に向かって
進んでいく。

高原の女たち特有の
ほお骨がはった
息のきれいな
アメリカ先住民の王女に
コーヒーを淹れてもらう。

コロンブス以前の発明であり、
当時の社会がいかに
洗練されていたかを
雄弁に物語る
ハンモックの中で、
人は昼寝しながら
人生を送ることもできる。

じっさい、以前ぼくの生活のリズムをつくっていた
都会の強度から抜け出すのに
三か月。
この眠りの甘い病がどこからくるのか

知っているらしい
村全体に匿われて
眠る三か月。

もう冬ではない。
夏でもない。
北国でもないし、
南国でもない。
ついに、球状の生活。

ぼくのかつての生活はとても遠く感じられる。
ジャーナリストで、亡命者で、
労働者で、作家でもあった生活。
そこでぼくはたくさんの人びとに出会ったが、
彼らにとって今やもう、ぼくは
消えかかった輪郭にすぎない。

風景の中に散在する控えめな家の数々。

かのスペイン人によってあれほど巧みに組織された
先住民の皆殺しを思い起こさせるものは、ここには何もない。
アルカンタラ〔騎士団の名前〕の十字架に手をのせて
ニコラス・デ・オヴァンド〔イスパニョーラ島第三代総督、アルカンタラ騎士団の騎士〕が虐殺の号令をかけた。
アラワク族〔南米に定住する先住民〕の記憶はそのことをぜったいに忘れない。

ぼくの額にのせられた
優しい手が熱を冷ましてくれる。
ぼくは夜明けから夕暮れどきまでまどろみ、
そのほかの時間は眠る。

カリブの昔の風が運んでくれる
音楽に揺られながら、
ぼくは黒い雌鶏が
ミミズを掘り出しているのを見る。
それは雌鶏のくちばしの中でキトキト動いている。
こうしてぼくには自分が時間の口の中にいるのが見える。

人びとはぼくが眠りながら
微笑んでいるのも見た。
祖母と過ごした幸福な時代の
子どものぼくみたいに。
ようやく戻った時間。
これで旅は終わりだ。

訳者解説

小倉和子

本書はハイチ系ケベック作家ダニー・ラフェリエール（一九五三―）による *L'Énigme du retour*, Boréal / Grasset, 2009 の全訳である。原書はケベックのボレアル社とフランスのグラッセ社から二〇〇九年秋に同時発売され、モントリオールで書籍大賞、フランスでメディシス賞を受賞している。ボレアル版とグラッセ版とではごくわずかに異同があるが、本書では日本における版権の関係からグラッセ版を底本とした。

ダニー・ラフェリエールの本名はウィンザー・クレベール・ラフェリエール。一九五三年四月十三日、ハイチの首都ポルトープランスに生まれ、幼少期をプチ＝ゴアーヴの祖母のもとで過ごす。父はフランソワ・デュヴァリエの独裁政権に抵抗したために政権から追われ、ダニーが物心ついた頃からニューヨークに亡命している。ダニーは中等教育修了後ジャーナリストになり、ハイチで最も古い日刊紙「ヌヴェリスト」などで政治・文化欄を担当するようになるが、父親の後を継いだジャン＝クロード・デュヴァリエの独裁政権下で、彼自身も身の危険を感じ、一九七六年、モントリオールに移住する。工場などで働きながら一九八五年、『ニグロと疲れないでセックスをする方法』というインパクトたっぷりのタイトルの小説で作家としてデビュー。同作品はベストセラーになり、一九八九年にはカナダで映画化もされ、五十か国以上で封切られた。日本でも『間違いだらけの恋愛講座』という邦題で上映されたので、ご記憶の向きもあろうかと思う。その後、『エロシマ』(一九八七年)、『コーヒーの香り』(一九九一年)、『終わりなき午後の魅惑』(一九九七年)などを発表し、九〇年代にはマイアミに居を移すが、二〇〇二年よりモントリオールに戻り、『南へ』(二〇〇六年)、『吾輩は日本作家である』(二〇〇八年)の後、二〇〇九年にハイチへの帰郷をテーマにした本書『帰還の謎』を発表して、世界的作家としての地位を固める。さらに翌二〇一〇年には、一月に首都ポルトープランスを訪問していて遭遇した大地震の体験を『ハイチ震災日記』に綴っている。

ハイチという国

ハイチといえば、二〇一〇年のこの大地震がわれわれの記憶に新しいが、それ以上のことを知っている日本人はいったいどれだけいるだろうか。

カリブ海に浮かぶ島のひとつであるイスパニョーラ島をドミニカ共和国と分け合っている共和国。十九世紀初頭の一八〇四年に独立を果たした黒人初の共和国だが、残念ながら、これまで日本からは地理的にも心理的にもとても遠い国だったと言わざるをえない。事情が急変したのはこの大地震からだった。長く続いた独裁政権の後遺症でインフラ整備が整わない都市を直撃した地震は二十万とも三十万ともいわれる犠牲者を出し、死者を埋葬する場所にすら窮するという惨状が日本の新聞やテレビでも報道され、地震国日本に住むわれわれも他人事ではないと感じた。しかし、そのときはまだ、一年後にさらに巨大な地震が東日本を襲うことになると予期できた者はほとんどいなかっただろう。

ハイチはある意味で、歴史の先端を走りすぎたのかもしれない。アメリカ合衆国の独立や宗主国フランスにおける大革命の余波を受けて、あまりに早く独立を成し遂げたために、世界から疎まれ、高い代償を払うことを余儀なくされた。詳細は『月光浴——ハイチ短篇集』（国書刊行会）の巻末に立花英裕氏が付した「ハイチ現代文学の歴史的背景」に譲りたいが、フランスから独立の承認を得るために旧入植者への損害賠償としてフランス政府に支払われた一億五千万フランは、すでに莫大な金額であったとはいえ、サトウキビの価格が下落しなければいずれは返済できるはずだった。皮肉なことに、その後ヨーロッパで甜菜糖が生産されるようになり、サトウキビの価格が下落してしまう。長期にわたって借金に苦しむ国家となるのである。

　歴史はその後もこの小さな島国（面積は四国と九州の中間程度）を翻弄しつづける。二十世紀前半には、借金返済を口実にしてアメリカ合衆国が占領。そこに誕生する親子二代、二十九年間にわたる独裁政権。ダニー・ラフェリエールの父親はポルトープランスの市長まで務めた人だが、独裁政権に抵抗したために体よく左遷され、ついには家族と離れてニューヨークで亡命生活を送ることになる。その生活は半生におよび、家族のことを思い出すのがつらいばかりに、家族を記憶から葬り去った。ダニーは一度マンハッタンまで父に会いに行ったことがあるが、アパートのドアの向こうで「おれには息子などいない、家族なんてもったこともない」と喚いていて、結局父と会わずじまいだったというエピソードは、本書の中にも読むことができる（「ブルックリンの小さな部屋」）。

　ダニーは高校を卒業するとジャーナリストとして働きはじめるが、トントン・マクートが潜伏する都市で、「プチ・サムディ・ソワール」紙の親しい同僚ガスネル・レーモンが暗殺されると、すぐさまモントリオール行きを決断する。そして、異国の地でさまざまな仕事に就きながら、一九八五年、前述の処女作で華麗にデビューを果たすのである。

ケベックと亡命・移民作家

政治的理由で異国への移住を余儀なくされる人は古今東西数知れない。フランスは従来ヨーロッパの中でもっとも多くの政治亡命者を受け入れてきた国だが、移民で成り立つカナダ・ケベック州もまたしかり。同じフランス語圏で、地理的な近さもあり、ハイチからケベックに移住する作家たちは、これまでもけっして少なくなかった。アントニー・フェルプス（一九二八―）、マリー・セリー・アニャン（一九五三―）、スタンレー・ペアン（一九六六―）、中でもエミール・オリヴィエ（一九四〇―二〇〇二）はその代表格であろう。とりわけ一九八〇年代以降のケベック州は、移民作家たちを積極的に受け入れることで、文化的多様性を内外にアピールしてきたとも言える。

三億の英語話者が住む北米大陸の東の一角に生き残った、七七〇万のフランス語話者が暮らすケベック州は、十八世紀に植民地での戦いで英系に敗れて以来、言語・文化的にひたすら「生き延びる」ことだけを考えてきたといっても大げさではない。しかし、カトリック信仰にもとづいた農村共同体的な価値観が第二次世界大戦後の都市化についに抗しきれなくなると、伝統的社会は一気に崩れ、一九六〇年代には「静かな革命」と呼ばれる急激な近代化に突入していく。さらに、一九七七年には「フランス語憲章」を制定し、英仏二言語を公用語とするカナダ連邦の中にあって、ケベック州だけはフランス一言語主義を採用する「特別な州」となる。これによってようやくフランス語話者がケベック州の「主役」になるのだが、同時に、それまで細々とながら純粋に生き残ろうとしてきたケベコワたちが、進んで他者を受け入れざるをえない状況がつくられることになる。生粋のケベコワでない人びとをも「仲間」として迎え入れる度量が問われることになるのである。そして事実、現代ケベック社会は、トランスカルチュラルな背景をもった芸術家や作家たちを歓迎し、彼らの作品を通して、文化的に開かれた独自社会を内外に印象づけようとしているのである。日系作家アキ・シマザキ（一九五四―）、中国系のイン・チェン（一九六一―）、韓国系のウーク・チャング（一九六三―）、レバノン系のアブラ・ファルード（一九四五―）などの活躍もそのような文脈の中でこそ理解できよう。

『帰還の謎』

本書『帰還の謎』は、二十三歳のときにモントリオールに移住したラフェリエールが、三十三年ぶりにハイチに一時帰国した折に書いたという設定の自伝的小説である。その一時帰国には主にふたつの目的があった。ひとつは、若くして独裁政権に追われて半生をニューヨークで過ごし、故郷に戻ることも家族に再会することもなくあの世へ旅立った父親の魂を故郷に戻してやること。もうひとつは、幼くして父と別れたために幼年期の重要な部分が欠落したままの作家が、自己の幼年期を再構成することだった。

作品は、第一部「ゆっくりとした出発の準備」と第二部「帰還」の二部構成になっている。冒頭で父の死を知らせる真夜中の電話を受け取った「ぼく」は、翌日、故郷を思い出しながらモントリオールの町をさまよい、ケベックの北の方まで車を走らせる。そこで対比されるのは、熱烈な願望を秘めながら氷の下でじっと太陽の愛撫を待つ北国の草木と、故郷ハイチで母と一緒に眺めた庭先の夾竹桃の花である。ラフェリエールも本書の中で言っているように、ジル・ヴィニョー（一九二八―）が「ぼくの国は、国ではなくて冬だ」と歌ったケベックのイメージは冬に要約されるのである。冬はまた、異国の地に暮らす亡命者の厳しい生活条件の暗喩にもなっている。それでもなお、ハイチの暖かな日射しを後にしてモントリオールに来たのは、かの地ではなく、この都市にこそ、願望も、生も、温もりも秘められているからではないか。「地球上の四分の三の人びとにとって、旅の形態はひとつしかなく、それは言葉も習慣も知らない国で、身分証明書ももたずに自分を取り戻す行為だ」とラフェリエールは言う。

ニューヨークで父親の埋葬に立ち会った「ぼく」は、第二部ではハイチに帰り、故郷を外の目から眺めることになる。三十三年ぶりに帰郷した彼は、最初ホテルのバルコニーから望遠鏡で町を眺める。「よそ者」の視線がハイチの現実を冷静にとらえていく。しかし、いよいよ母に父の死を告げねばならない段になると、父に死ぬまで亡命生活の孤独を強いただけでなく、母にも同じ寂しさを味わわせ（というのも、亡命は残された者にも同じ孤独を味わわせるから）、さらには、自分にもケベック移住を強いた独裁政権への怒りが噴出する。そして、今なおその後遺症に苦しむハイチ社会への辛辣な批判が繰り広げられる。その調子が変わるのは、父の友人で、かつて父と共に抵抗運動に関わった老人と出会ってからだ。この老人はその後、政界に返り咲き、公共事業大臣として蓄えた富でハイチを代表するフランケチエンヌをはじめとする画家たちの作品を収集し、私設美術館で余生を送っている。彼が運転手つきで貸してくれた高級車で、「ぼく」は甥とともに父の故郷バラデールへの旅に出かける……。

モントリオールからニューヨーク、ニューヨークからポルトープランス、そこからさらにバラデールへとつづく旅。「帰還」の旅の原型はおそらくホメロスの叙事詩オデュッセイアだろう。その主人公で、トロイ戦争の英雄でもあるイタケ王オデュッセウスは、海神ポセイドンの怒りを買ったために、帰還まで十年以上も荒波に弄ばれることになる。彼の帰還とラフェリエールのそれとの間にはどんな共通点や相違点があるのか。

オデュッセウスは途中何度も危険な目に遭うが、最後は故郷に戻り、家族との再会を果たす。妻のペネロペもずっと夫の帰りを待っていてくれた。一方、『帰還の謎』の「ぼく」は三十三年という年月を経てようやくハイチに帰還するが、到着するまでより、到着してからのほうが困難に満ちている。彼が故郷を眺めるのは、異国の冬を何度も経験することで身につけた冷静な視線によってであり、「生まれ故郷の町にいてさえ、よそ者」だと感じざるをえない。二重の亡命である。彼はホテルのバルコニーからスラム街を観察し、水を汲みに出かける少女を目で追う。しかし彼と道路のあいだにはピンク色に塗られた低い壁があり、それが反対側で繰り広げられている日常から彼を保護もし、切り離してもいるのだ。

「ぼく」はそれでも故郷に戻ってきた。父親の亡骸は無理だとしても、せめて魂だけでも故郷に返してやりたかったからだ。父に別れを告げるためには、まず父がどんな人だったか知らなければならなかったし、それによって自分自身をも知る必要があった。というのも、幼い頃に父親から引き離された彼には、自分の起源に関わる重要な部分が欠落していたからだ。彼は、どことなく風貌が父と似ているマルティニックの詩人エメ・セゼール（一九一三―二〇〇八）の『帰郷ノート』を携えてハイチに戻ってくる。この『ノート』はいわば、旅のあいだ彼の精神的な導き手になるのだった。かくして父の旧友に会い、父の生まれ故郷を訪ねる旅が始まる。バラデールに到着すると、数日来の雨で水浸しになった墓地では、他人の葬儀が営まれている。その末席に連なり、父親の擬似的な埋葬を完了する。

小説の後半は各地の風景描写に混じってハイチの作家や画家たちとの出会いがあり、ハイチ紹介のガイドブックまたはロード・ムーヴィーとしても読むことができる。フランスなら、第三共和政下で多数書かれた少年少女向け祖国発見の旅物語の系譜に連なるかもしれない。ケベック文学でいうなら、車による大陸横断を主題にしたジャック・プーラン（一九三七―）の『フォルクスワーゲン・ブルース』を想起させるところがなきにしもあらずだ。しかし、日本の読者なら、ここで『奥の細道』を思い起こす人もいるのではないだろうか。三百年以上前の日本の俳人とケベックの現代作家の旅日記。一方は北へ旅立ち、他方は南へ。けれども、芭蕉と同様ラフェリエールも、祖国発見のために一種の詩的巡礼をおこなっているのであり、旅先で出会った人びとや事物に注ぐ視線、その瞬間をスケッチし、言葉にしていくあざやかな身振りに不思議なほど共通点を感じるのは訳者だけではないだろう。ラフェリエールの前作は『吾輩は日本作家である』（二〇〇八年刊）と題されており、一度も日本に滞在したことがないのに「日本作家」を名乗る人物を主人公にしている。その彼のお気に入りの作品が『奥の細道』だといえば、この唐突な比較も許されるような気がする。『帰還の謎』で初めて取り入れられた独特の形式、散文と自由詩との混交というスタイルには、もしかしたら芭蕉の俳句と俳文の組み合わせを意識したところがあるのかもしれない。そして何よりも、次のような一節に、フランスの現代詩人イヴ・ボヌフォワも絶賛した「那須野」の一シーン、農夫が貸してくれた馬に乗って旅立つ芭蕉と曾良を一目散に追いかけてくる二人の子どもの姿を現前化させた、あの場面を重ね合わせたくなる。

ふたたび乾燥した村を横切る。
小さな男の子が
手を大きく振って
満面の笑みを浮かべながら車を追いかけてくる。
ぼくはこの子が土煙の向こうに
消えていくのを見ている。

（「カリブの冬」より）

バラデールへの旅を終えた『帰還の謎』の話者は心も軽やかに帰途につく。ホメロスの叙事詩の主人公と同様、この最後の行程は船旅になる。しかし、オデュッセウスが家族との再会を果たして深い歓喜を味わうのにたいして、ラフェリエールの旅は「ぼく」の眠りの中で突如として終わる。たしかに彼が最後に到着するアブリコという村は一種の楽園として描かれていて、彼はもはや夏も冬も、北も南もない「球状の生活」の中で、先住民の王女のそばで微笑みながら夢見ている。

しかし、これが本当に旅の終わりと言えるのだろうか。彼は眠りから覚めることなく、ずっとそこに留まるのか。それとも目覚めて、またどこかに旅立つのか。彼の父は、少なくともその魂は、半生におよぶ亡命生活の末に故郷に帰ることができた。しかし「ぼく」の帰還は謎めいている。それは新たな出発、というよりむしろ新たな彷徨を引き起こすのではないか。江戸時代の日本の俳人とハイチ系ケベックの現代作家とを結びつけているものは、地理的であると同時に時間的な彷徨の意識かもしれない。

ダニー・ラフェリエールの父親はじつは一九八四年に亡くなっている。しかしこの喪の書が刊行されたのは二〇〇九年になってからである。ということは、ラフェリエールが父親と自分自身の幼年期に別れを告げるには四半世紀を要し、自分も父親の年齢に達するのを待たなければならなかった、ということではないか。一方で、この別れの儀式は二〇〇八年に他界したエメ・セゼールにたいするものでもあったように思われる。なにしろ、セゼールの風貌はラフェリエールに自分の父親を思い起こさせるものだったのだから。『帰還の謎』はある意味で、セゼールの『帰郷ノート』の書き換えとして読むこともできる作品である。本文中の引用箇所では砂野幸稔氏訳（平凡社）を参考にし、ほぼそのまま使わせていただいたところも多い。記して御礼申し上げたい。

『帰還の謎』はきわめて写実的であると同時に叙情的な無数のスケッチから成る作品である。どこか『悪の華』の中でボードレールがパリの事物に投げかける視線にも似た、炯眼であると同時に温もりのある視線がモントリオールとハイチの現実を結晶化させていく。モントリオールの朝方のカフェの様子、高速道路をすれ違う車、ポルトープランスのスラム街で生活する貧しい人たち、その一方で、外国に行ったきり帰ってこない息子や娘を追いかけて移住してしまい、空き家になった豪邸の数々、空腹を抱えていてさえ他人のことを思いやる人びと、そして百年後に訪れても変わっていないだろうと思える風景……。この作品の魅力は、ラフェリエール自身が切り取ったきわめて個人的な現実の数々に、祖国、移住、親子関係といった普遍的な射程が結びつくことによって生み出されているように思われる。

＊　＊

本書の翻訳企画は日本ケベック学会とハイチ支援フランコフォニー委員会の何名かの有志のあいだで持ち上がったものである。二〇〇九年秋に本書でモントリオール書籍大賞とフランスのメディシス賞をダブル受賞した作家の来日（二〇一一年秋予定）の話を聞いたわれわれが、ならばこの機会に彼の作品を何冊か翻訳して紹介しよう、ということになったのである。海外文学の翻訳出版が厳しい状況の中、ケベックやフランスではすっかり人気作家になったとはいえ、日本ではまだほとんど紹介されていないラフェリエールの作品の魅力を理解してくださった藤原書店の藤原良雄社長の英断にまずもって厚く御礼を申し上げたい。また、編集の労をおとりくださった山﨑優子さんには、いつもながら的確な助言をいただき、感謝いたします。さらに、立花英裕氏（早稲田大学）には、今回の出版企画とラフェリエール氏の来日準備に関してたいへんご尽力いただいたことを申し添えます。

勤務先の春休みを利用して翻訳作業を進めていた最中に東日本大震災が発生した。一年前にハイチを襲い、今なお多くの避難生活者がいるハイチの現状と、日を追うごとに明らかになってくる日本の惨状とを重ね合わせずにはいられない日々がつづき、不安の中で翻訳作業を進めた。ポルトープランスでは、本書にも登場する町の中心的な建造物である大聖堂も大きな被害を被ったと言われる。自然の破壊力の前に人間の無力さを感じるとともに、ほとんど地球の反対側に位置するふたつの国の一日も早い復興を信じて、そのために言葉や文学は何ができるのか考える日々である。

二〇一一年七月

＊本書の出版に際しては、国際ケベック学会より翻訳助成をいただきました。心より御礼申し上げます。

著者紹介

ダニー・ラフェリエール（Dany LAFERRIÈRE）

1953年、ポルトープランス（ハイチ）生。「プチ・サムディ・ソワール」紙の文化欄を担当していた76年、モントリオール（カナダ）に移住。85年、『ニグロと疲れないでセックスをする方法』で作家デビュー（89年カナダで映画化）。90年代にはマイアミに居を移し、『コーヒーの香り』（91年）、『終わりなき午後の魅惑』（97年）などを発表。2002年よりモントリオールに戻り、『吾輩は日本作家である』（08年）の後、『帰還の謎』（09年）をケベックとフランスで同時発売し、モントリオールで書籍大賞、フランスでメディシス賞受賞。2010年のハイチ地震に遭遇した体験を綴る『ハイチ震災日記』（邦訳藤原書店）を発表。

訳者紹介

小倉和子（おぐら・かずこ）

1957年生。東京大学大学院博士課程単位取得退学。パリ第10大学文学博士。現在、立教大学異文化コミュニケーション学部教授、日本ケベック学会副会長。現代フランス文学・フランス語圏文学専攻。著書に『フランス現代詩の風景』（立教大学出版会）、『プログレッシブ仏和辞典』（共著、小学館）、訳書にデュビィ、ペロー編『「女の歴史」を批判する』、コルバン『感性の歴史家 アラン・コルバン』、サンド『モープラ』（以上藤原書店）他。

帰還（きかん）の謎（なぞ）

2011年9月30日　初版第1刷発行 ©

訳　者　小倉和子
発行者　藤原良雄
発行所　藤原書店

〒162-0041　東京都新宿区早稲田鶴巻町523
電　話　03（5272）0301
FAX　03（5272）0450
振　替　00160-4-17013
info@fujiwara-shoten.co.jp

印刷・製本　中央精版印刷

Printed in Japan
ISBN978-4-89434-823-3

7　金融小説名篇集

吉田典子・宮下志朗 訳＝解説
〈対談〉青木雄二×鹿島茂

ゴプセック――高利貸し観察記　*Gobseck*
ニュシンゲン銀行――偽装倒産物語　*La Maison Nucingen*
名うてのゴディサール――だまされたセールスマン　*L'Illustre Gaudissart*
骨董室――手形偽造物語　*Le Cabinet des antiques*

528 頁　**3200 円**（1999 年 11 月刊）◇978-4-89434-155-5

高利貸しのゴプセック、銀行家ニュシンゲン、凄腕のセールスマン、ゴディサール。いずれ劣らぬ個性をもった「人間喜劇」の名脇役が主役となる三篇と、青年貴族が手形偽造で捕まるまでに破滅する「骨董室」を収めた作品集。「いまの時代は、日本の経済がバルザック的になってきたといえますね。」（青木雄二氏評）

8・9　娼婦の栄光と悲惨――悪党ヴォートラン最後の変身（2分冊）

Splendeurs et misères des courtisanes

飯島耕一 訳＝解説
〈対談〉池内紀×山田登世子

⑧448 頁 ⑨448 頁　各 **3200 円**（2000 年 12 月刊）⑧◇978-4-89434-208-8 ⑨◇978-4-89434-209-5

『幻滅』で出会った闇の人物ヴォートランと美貌の詩人リュシアン。彼らに襲いかかる最後の運命は？「社会の管理化が進むなか、消えていくものと生き残る者とがふるいにかけられ、ヒーローのありえた時代が終わりつつあることが、ここにはっきり描かれている。」（池内紀氏評）

10　あら皮――欲望の哲学

La Peau de chagrin

小倉孝誠 訳＝解説
〈対談〉植島啓司×山田登世子

448 頁　**3200 円**（2000 年 3 月刊）◇978-4-89434-170-8

絶望し、自殺まで考えた青年が手にした「あら皮」。それは、寿命と引き換えに願いを叶える魔法の皮であった。その後の青年はいかに？「外側から見ると欲望まるだしの人間が、内側から見ると全然違っている。それがバルザックの秘密だと思う。」（植島啓司氏評）

11・12　従妹（いとこ）ベット――好色一代記（2分冊）

La Cousine Bette

山田登世子 訳＝解説
〈対談〉松浦寿輝×山田登世子

⑪352 頁 ⑫352 頁　各 **3200 円**（2001 年 7 月刊）⑪◇978-4-89434-241-5 ⑫◇978-4-89434-242-2

美しい妻に愛されながらも、義理の従妹ベットと素人娼婦ヴァレリーに操られ、快楽を追い求め徹底的に堕ちていく放蕩貴族ユロの物語。「滑稽なまでの激しい情念が崇高なものに転じるさまが描かれている。」（松浦寿輝氏評）

13　従兄（いとこ）ポンス――収集家の悲劇

Le Cousin Pons

柏木隆雄 訳＝解説
〈対談〉福田和也×鹿島茂

504 頁　**3200 円**（1999 年 9 月刊）◇978-4-89434-146-3

骨董収集に没頭する、成功に無欲な老音楽家ポンスと友人シュムッケ。心優しい二人の友情と、ポンスの収集品を狙う貪欲な輩の蠢く資本主義社会の諸相を描いた、バルザック最晩年の作品。「小説の異常な情報量。今だったら、それだけで長篇を書けるような話が十もある。」（福田和也氏評）

別巻 1　バルザック「人間喜劇」ハンドブック

大矢タカヤス 編
奥田恭士・片桐祐・佐野栄一・菅原珠子・山﨑朱美子＝共同執筆

264 頁　**3000 円**（2000 年 5 月刊）◇978-4-89434-180-7

「登場人物辞典」、「家系図」、「作品内年表」、「服飾解説」からなる、バルザック愛読者待望の本邦初オリジナルハンドブック。

別巻 2　バルザック「人間喜劇」全作品あらすじ

大矢タカヤス 編　奥田恭士・片桐祐・佐野栄一＝共同執筆

432 頁　**3800 円**（1999 年 5 月刊）◇978-4-89434-135-7

思想的にも方法的にも相矛盾するほどの多彩な傾向をもった百篇近くの作品群からなる、広大な「人間喜劇」の世界を鳥瞰する画期的試み。コンパクトでありながら、あたかも作品を読み進んでいるかのような臨場感を味わえる。当時のイラストをふんだんに収め、詳しい「バルザック年譜」も附す。

❺ ボヌール・デ・ダム百貨店 ――デパートの誕生

Au Bonheur des Dames, 1883 吉田典子 訳＝解説

ゾラの時代に躍進を始める華やかなデパートは、婦人客を食いものにし、小商店を押しつぶす怪物的な機械装置でもあった。大量の魅力的な商品と近代商法によってパリ中の女性を誘惑、驚異的に売上げを伸ばす「ご婦人方の幸福」百貨店を描き出した大作。

656 頁 **4800 円** ◇978-4-89434-375-7（第 6 回配本／ 2004 年 2 月刊）

❻ 獣人 ――愛と殺人の鉄道物語 *La Bête Humaine, 1890*

寺田光德 訳＝解説

「叢書」中屈指の人気を誇る、探偵小説的興趣をもった作品。第二帝政期に文明と進歩の象徴として時代の先頭を疾駆していた「鉄道」を駆使して同時代の社会とそこに生きる人々の感性を活写し、小説に新境地を切り開いた、ゾラの斬新さが理解できる。

528 頁 **3800 円** ◇978-4-89434-410-5（第 8 回配本／ 2004 年 11 月刊）

❼ 金（かね） *L'Argent, 1891*

野村正人訳＝解説

誇大妄想狂的な欲望に憑かれ、最後には自分を蕩尽せずにすまない人間とその時代を見事に描ききる、80 年代日本のバブル時代を彷彿とさせる作品。主人公の栄光と悲惨はそのまま、華やかさの裏に崩壊の影が忍び寄っていた第二帝政の運命である。

576 頁 **4200 円** ◇978-4-89434-361-0（第 5 回配本／ 2003 年 11 月刊）

❽ 文学論集 1865–1896 *Critique Littéraire*

佐藤正年 編訳＝解説

「実験小説論」だけを根拠にゾラの文学理論を裁断してきた紋切り型の文学史を一新、ゾラの幅広く奥深い文学観を呈示！ 「個性的な表現」「文学における金銭」「淫らな文学」「文学における道徳性について」「小説家の権利」「バルザック」「スタンダール」他。

440 頁 **3600 円** ◇978-4-89434-564-5（第 9 回配本／ 2007 年 3 月刊）

❾ 美術論集

三浦篤 編＝解説 三浦篤・藤原貞朗 訳＝解説

セザンヌの親友であり、マネや印象派をいち早く評価した先鋭の美術批評家でもあったフランスの文豪ゾラ。鋭敏な観察眼、挑発的な文体で当時の美術評論界に衝撃を与えた美術論を本格的に紹介する、本邦初のゾラ美術論集。「造形芸術家解説」152 名収録。

520 頁 **4600 円** ◇978-4-89434-750-2（第 10 回配本／ 2010 年 7 月刊）

❿ 時代を読む 1870–1900 *Chroniques et Polémiques*

小倉孝誠・菅野賢治 編訳＝解説

権力に抗しても真実を追求する真の“知識人”作家ゾラの、現代の諸問題を見透すような作品を精選。「私は告発する」のようなドレフュス事件関連の文章の他、新聞、女性、教育、宗教、文学と共和国、離婚、動物愛護など、多様なテーマをとりあげる。

392 頁 **3200 円** ◇978-4-89434-311-5（第 1 回配本／ 2002 年 11 月刊）

11 書簡集 1858–1902

小倉孝誠 編訳＝解説

19 世紀後半の作家、画家、音楽家、ジャーナリスト、政治家たちと幅広い交流をもっていたゾラの手紙から時代の全体像を浮彫りにする、第一級史料の本邦初訳。セザンヌ、フロベール、ドーデ、ゴンクール、マラルメ、ドレフュス他宛の書簡を精選。（次回配本）

別巻 ゾラ・ハンドブック

宮下志朗・小倉孝誠 編

これ一巻でゾラのすべてが分かる！ ①全小説のあらすじ。②ゾラ事典。19 世紀後半フランスの時代と社会に強くコミットしたゾラと関連の深い事件、社会現象、思想、科学などの解説。内外のゾラ研究の歴史と現状。③詳細なゾラ年譜。ゾラ文献目録。

パムク文学のエッセンス

父のトランク

〈ノーベル文学賞受賞講演〉

O・パムク　和久井路子訳

父と子の関係から「書くこと」を思索する表題作の他、作品と作家との邂逅の妙味を語る講演「内包された作者」、自らも巻き込まれた政治と文学の接触についての講演「カルスで、そしてフランクフルトで」、佐藤亜紀氏との来日特別対談、ノーベル賞授賞式直前インタビューを収録。

B6変上製　一九二頁　**一八〇〇円**
（二〇〇七年五月刊）
◇978-4-89434-571-3

Orhan PAMUK
BABAMIN BAVULU

作家にとって決定的な「場所」をめぐって

イスタンブール

〈思い出とこの町〉

O・パムク　和久井路子訳

画家を目指した二十二歳までの〈自伝〉と、フロベール、ネルヴァル、ゴーチエら文豪の目に映ったこの町、そして二百九枚の白黒写真——失われた栄華と自らの過去を織り合わせながら、胸苦しくも懐かしい「憂愁」に浸された町を描いた傑作。

写真多数

四六変上製　四九六頁　**三六〇〇円**
（二〇〇七年七月刊）
◇978-4-89434-578-2

Orhan PAMUK
İSTANBUL

世界的評価を高めた一作

白い城

O・パムク

宮下遼・宮下志朗訳

人は、自ら選び取った人生を、それがわがものとなるまで愛さねばならない——十七世紀オスマン帝国に囚われたヴェネツィア人と、彼を買い取ったトルコ人学者。瓜二つの二人が直面する「自分とは何か」という問いにおいて、「東」と「西」が鬩ぎ合う。著者の世界的評価を決定的に高めた一作。

四六変上製　二六四頁　**二二〇〇円**
（二〇〇九年一二月刊）
◇978-4-89434-718-2

Orhan PAMUK
BEYAZ KALE

トルコで記録破りのベストセラー

新しい人生

O・パムク

安達智英子訳

「ある日、一冊の本を読んで、ぼくの全人生が変わってしまった」——トルコ初のノーベル賞受賞作家が、現実と幻想の交錯の中に描く、若者の自分探しと、近代トルコのアイデンティティの葛藤、そして何よりも、抗いがたい「本の力」をめぐる物語。

四六変上製　三四四頁　**二八〇〇円**
（二〇一〇年八月刊）
◇978-4-89434-749-6

Orhan PAMUK
YENİ HAYAT